纸上建筑

白纸行黑字

沙页翻长河

我与非诚勿扰

王欢 著

中央廣播電視大學出版社
·北京·

图书在版编目（CIP）数据

我与非诚勿扰 / 王欢著.——北京：中央广播电视大学出版社, 2012.12

ISBN 978-7-304-05873-9

Ⅰ.①我… Ⅱ.①王… Ⅲ.①日记—作品集—中国—当代 Ⅳ.①I267.5

中国版本图书馆CIP数据核字(2012)第281325号

我与非诚勿扰
王　欢　著

出版·发行：中央广播电视大学出版社
电话：营销中心 010-58840200　　总编室 010-68182524
网址：http://www.crtvup.com.cn
地址：北京市海淀区西四环中路 45 号　　邮编：100039
经销：新华书店北京发行所

策划编辑：林鸿雁　　版式设计：董　婧
责任编辑：刘媛媛　　责任印制：李　玲

印刷：北京盛通印刷股份有限公司　　印数：1～5000册
版本：2012 年 12 月第 1 版　　2012 年 12 月第 1 次印刷
开本：787×1092　1/32　　印张：9
字数：124 千字

书号：ISBN 978-7-304-05873-9
定价：29.80元

（如有缺页或倒装，本社负责退换）

一段《非诚勿扰》的非常之旅……

梦慧茹

桃雨飞红泪有声，断桥折柳杜鹃鸣。

当年私语香槐树，又绿盟山誓海情！

—— 王世尧

谨以此书献给我的妈妈

序

相约今生

王世尧

《非诚勿扰》无论如何，都是王欢生活最美的际遇之一。尽管在那段非同寻常的快乐记忆中，伴随着我们父子共同面临的绝境，一个对妻子一个对母亲的生离死别。我似乎不该让这个异乎寻常的沉重话题，闯入此书为读者带来的轻松愉悦。但这是不可逾越的，不可回避的。王欢的妈妈在生命最后的时光，依然倚仗这个曾经给她带来无限欢乐的节目，抵御疾病带来的痛苦。当她不再有能力坐起观看，还坚持让我把电视声音放大，孟非的睿智诙谐，黄菡的优雅淡定，乐嘉的感性思辨，换来了她欣然的微笑。

王欢的妈妈天性温婉贤淑，视儿子远远重于自己的生命，这也喻示当今许多母亲的无私奉献。这些年她惦念儿子婚事，遗憾的是天意机缘未到，只能把美好的憧憬带到另一世界，她豁达的留给我们的是从容无憾的微笑。王欢三月二十四日那期《非诚勿扰》播出时，是她妈妈最难耐的病痛期，我陪着她从始至终观看节目，这种深情与欣慰使她暂离病魔和死神。我们彼此的手机和家里的电话如同除夕之夜，亲朋好友的电话短信络绎不绝，节目的覆盖率和魅力足以让栏目组所有人深感自豪。为避免赘述，对王欢在217期《非诚勿扰》中的舞台展现未做详细描述，相信读者通过节目均可看到。

王欢在屏幕中陈述的爱情观，一瞬间在网络引起热议。他说：在这个时代信仰爱情既幸福又危险。这句话是他内心的一种真诚表达，至少我赞同的认为，在这纸醉金迷人欲横流的现实世界中，爱情与婚姻的红线如此脆弱易断。王欢从小学到大学毕业，每每几乎都是近于半班的单亲同学，这听来略显夸张，但却是事实。这也并非是一种“魔咒”，因为他的同龄朋友和同学有的婚宴余音未绝便劳燕分飞，有的已然步入第二次婚姻殿堂。王欢在《我与非诚勿扰》这本书里，客观地叙述了亲历的几段恋情，鉴于对曾经无悔恋人的尊重，他选择了担当，读来也许给自身带来负面话题，但我终觉这是一个虚怀若谷的血性男人所必需的！我自小随外公外婆长大，外公高凤岐（字仰文）是燕京大学中文系第一批毕业生，也是“五四”学生运动的代表，与东北军名将郭松龄夫人韩淑秀为大学同窗。韩素知外公为人正直清廉，遂引荐其在郭松龄部主管军需财政，郭、韩遇难后，除明细的军账外另有三百万银元只由外公一人秘密掌握，但他分文未占如数交给张学良，赢得少帅无比的敬重，还掌管了张学良裕民银号等四家银行。就诗书礼教为人而言，我一生受益于他的影响。这似乎是遗传，了解王欢的人都知道他极不物质，这是我今生为父的骄傲，这也得益于他秉承自己母亲淳朴善良的天性。在爱情婚恋观上我们纯属两代人，面对人生的价值取向，多少年来我和他可以如“兄弟”般交流，他的同学好友也与我相处亲善。《非诚勿扰》馈赠了王欢无限契机，尽管在一些事物的理念上我们会有分歧，但滚滚红尘中的父子之情可以化解一切，总之人的婚姻都在缘分。

我和王欢的妈妈均为初恋。从相爱到组建家庭度过了遥遥漫长的三十四年。而今怀想她远离尘世的微笑，三十四年竟如弹指一挥间！她天生内敛不善表达，相恋时只对我说过一次“我爱你”，历经人间的坎坷之变，她却不离不弃的坚守了一生！当我真正懂得理解她时，死神也随之迫近。在她恬静秀丽的遗容前，我闻着百合花幽艳凄美的弥香忽然觉得一切明白得如此之晚！爱和婚姻最值得珍视的是忠诚和相互宽容！王欢与《非诚勿扰》的男女嘉宾将来会邂逅怎样一段缘分？理想的爱与现实的婚姻将有怎样的分野？另一世界的母亲是否释怀了对儿子的不舍和惦念？带着永恒的思念猜想，我又一次徘徊在与妻子初恋的大槐树下，几十年后槐香依旧，苍劲茂盛的槐树有的枝干枯萎老去，但更多的长出了新鲜翠绿。旧巷重来，物是人非，当年夕阳染红的记忆，如今化作千枝万簇的灿灿银花，芬芳四溢。想到这静静的树下曾经不平静的往事，我泪如雨下！望着悲然而立的沧桑槐树，我默默吟诵着寄往天堂的诗句：

梦绕青槐唤玉容，
香魂独笑对春风。
已约来世同心路，
泣血今生化碧虹！

目 录

神奇《非诚勿扰》

我参加了相亲节目，从此生活变得传奇。

《非诚勿扰》像缓缓注入生活的精神药品，悄然发生着不平凡的反应。2012年是我经历最非同寻常的一年。从母亲在癌症末期去世，我像条跃出水面被神秘力量滞留在空中的鱼，经受着窒息考验。好在我是一个作家，可以把所有经历都变作财富。尽管经历人生中从未有过的伤痛，我也不愿把痛苦放大。在这个无限伟大的时代，为数可观的人都哭喊着放大自己的痛苦。似乎命运之神的影子刚刚抬起脚，人人就感觉将要被踩踏。

我以回忆的方式描述《非诚勿扰》的神奇。

直到节目播出半年，我在电梯、地铁、飞机、饭店、路边摊、写字楼、河边或农贸市场仍平均一周两次地被认出。我不过是《非诚勿扰》舞台上闪现二十几分钟的男嘉宾。对于在那儿站过半年的女孩儿们，她们恐怕拥有比很多影星更高的识别率。如果一个平庸相亲节目，很难有这么神奇的影响力。我是个感性的人，不像很多人写东西要翻阅资料，赘述大量数据增加说服力。我无法融入更多非情感浸透之外的客观知识，谈起《非诚勿扰》只愿和自己经历有关。

最早接触《非诚勿扰》是因为女嘉宾艳照引起的价值观争议。当时我身边的人都在议论。在国外上学的朋友，把业余时光都献给了网络电视，其中有《非诚勿扰》和《康熙来了》，还有那些永无尽头的韩剧和能把人等死的美剧。那时，我是个不屑流行文化的另类青年，别人越议论什么我越回避。直到某两个女嘉宾事件彻底在《非诚勿扰》人走茶凉，我才回头关注。其实这世上没有通俗的节目，只有需求通俗的观众。

某女嘉宾在舞台爆出热门话题时，我还没看过《非诚勿扰》，后来为上节目做准备也没回看到那么远。她在网上流传的艳照我只看过一两张，不是我故作清高，是因为同类优秀作品多的不能再多。我身边拍照拍得好的潜水行家可以论簸箕搓，不过是时代再度轮回这一现象时，她的此举又应运而生。情色的艺术，越接近真实越有难度。原始简单自拍，最讲究情境、画质、构图和环境细节的张力。在过去几年，爆一两套艳照可以走红，如今这条路却被太多人走死了。这种现象是不是更值得媒体去鞭笞？某女嘉宾宣称“宁可在宝马车上哭，也不再自行车上笑”的价值观，给节目组带来不少麻烦。当时一些主流媒体严重质疑《非诚勿扰》，节目组成了“主动失足”少女的监护人，他们被迫要负责，所承受的压力多么不单纯。如今时过境迁，还有谁在心底会发出当时对某女嘉宾的谴责？我们的价值观，好像宣纸上泼墨，正以大写意方式为时代勾画人物众生。鲁迅没复活，但他笔下的人物正疯狂繁衍。时代造就的社会生态绘画技法，根本无法满足异类人物的层出不穷。不久前被谈及色变的人和事，正习以为常地隐入大众生活，甚至成为新一代人的人生追求。

《非诚勿扰》像面镜子，不断照出当今年轻人的芸芸生相。栏目以人们最爱关注的婚恋为切入点，诠释普通人最淳朴最真实的爱情哲学，只有真实才最有生命力。中国观众多么挑剔，在这么严谨、细致的节目审查标准下，《非诚勿扰》经常性赢得黄金时段4个点的收视率是多么神奇。（这是专业用语的数字，通常1至2点已算超高收视率）编导桑洁曾开玩笑地跟我讲，很多档节目收视上“1”可能全组都开庆功大会，而我们低过“4”大家就要垂头丧气地开总结会了。从桑洁讲话气韵判断，她把身心最美好时期都奉献给节目了，她曾多次坦言在若干年后去过陶渊明式的田园生活。

这个时代成功的标准也通常被争议，《非诚勿扰》的另一神奇在于它造就了很多效仿者。很多省市的上星频道都有相亲节目，但没有哪家能达到“数据和口碑”上与《非诚勿扰》的接近；《爱情连连看》太富于节目人为化而渐渐演绎成栏目剧，《百里挑一》专属潮男靓女的精装小世界，似乎远离亿万青年的现实生活，毕竟爱情不是偶像剧；湖南卫视的相亲节目，我记不得名字，似乎已从节目形态上最大限度地靠近《非诚勿扰》，但仍然无法和《非诚勿扰》抗衡，至少我个人认为很大原因在于制作团队上的差距。节目大家可以坐下来认真模仿和创新，但内部运转机制，统筹人性格和气质层面的谋略构想，只可意会无法言传。

特别是《非诚勿扰》三位老师天造地设的绝佳组合，是大型生活服务类节目的唯一。作为北京人，我很少面对自己城市名为《选择》的相亲节目。可能节目组东北人多的缘故吧，参与相亲的要么是男人想找北京有房的女人，要么就是东北单身女人在北京寻求归宿，有时感觉《选择》更像省市间的内部相亲联谊会，也不争地成为退休老人休闲寻乐的平台。我这段论述，既平实也浅白，只是想让首都的电视节目水平不要被其他省市落下太远。

不少“专家”坐议立谈，指责《非诚勿扰》是把英国《带我走吧》嫁接到国内，可原版节目在英国不足一年就夭折了。《非诚勿扰》让新的节目生命在中国电视屏幕大放异彩，在世界范围内创造此类节目的收视奇迹。中国观众特别挑剔，你做不好有人诋毁，做好了同样有人鸡蛋里面挑骨头。依稀记得郭德纲讲，相声说不好观众骂街，说好了同行骂街。我年轻时常常对此不忿，可到三十岁却欣然习惯了。严酷的现实磨砺、催化人的成熟。有时我换位思考，即使宗教世界的神，也不能拯救所有众生。无论东西方哪里的神祇，拥有大量信徒的同时，也会产生诋毁者。既然神都享有如此待遇，更何况人类的一个电视栏目。有意思的是，那些骂节目的人可能还是忠实观众。回归现实，曾几何时骂电视、骂名人变成了一些人零成本的生活减压方式。

亲历《非诚勿扰》，我也可以回答关于节目的真实性。

其实所谓真实并非是原生态，既然呈现于舞台，植根于屏幕，就必须确立与时俱进的节目形态，就需要升华，不能过度自然化。我曾试图多角度去体会栏目，它在调控的前提下最大限度发挥相亲人物的事态和真实性，成功的见证就是《非诚勿扰》历经三年后仍拥有亿万观众。任何人一旦站在这个舞台上，有了位置就会确立角色。正如很多女嘉宾初上舞台时是本来的自己，站得久了会成长、会发生转变，亿万观众会让她们情不自禁地闪耀在角色里。这世上爱虚荣、爱光环会让颇多青春女孩儿不舍寻梦之路，无论你是谁只要理解就会平衡释然，良好的心态会让爱的抉择变得从容美好。

在海外专场拍摄时，栏目组受到的热情令人瞠目。据栏目组的朋友讲，在海外拍摄地，如：英国、澳大利亚、加拿大的华人组织都是倾心、倾力支持。《非诚勿扰》造就姻缘的同时，更凝聚了海外华人的亲情。一档神奇的节目，总有无法描述和概括的深远意义。孟非在某期节目中说："哈佛大学一向选择性内敛保守，拒绝摄像机在学院内游荡，可当《非诚勿扰》栏目组到来时，他们欣然开放禁地。"我觉得这点值得深思，如果真的是档"低俗"节目会受到如此礼遇吗？世界学府的光环，不在于殿堂华贵，而是它拥有真正意义上的伟大和兼容。

《非诚勿扰》时刻都在制造有形和无形的奇迹。每周末的两档节目，仅这两档节目就提升了江苏卫视在全国的影响力，甚至提升了整个南京市的软实力。除演播室内的故事，又为台下带来多少欣悦、邂逅、重逢、回首、谈资、争议等。那些本来永生不会再遇，老死不相往来的人会在不经意间重逢；有人吞下沉寂，有人让情火余烬复燃；寻情和追求生活的目光从台上交织到生活；微博贴吧、街头巷尾、茶余饭后人们的话题总在继续；舞台造就明星，也繁育爱慕和崇拜者。还是那句话，作家的职业病，会让我感受到更多看不见的东西。作家也爱比喻，我把这个舞台比作没有金镶玉的更新版的“龙门客栈”。《非诚勿扰》正以它的无限魅力，呈现着当代青春一族的人生异彩。

我在录制节目时讲，信仰爱情在这个时代既幸福又危险。还有些话不想说透，在现实社会，对情爱的憧憬何尝不是让孤独的情感找到心灵归属？文人在特定情绪周期会变得浮躁脆弱，核心的弱点是爱与信仰的缺失。我知道历史上有人为情借酒消愁，还有人为爱而逆岁月潮流寻找自我牺牲，其实这也营造了人在无奈中的一种境界一种解脱，那些不被世人瞩目的文人往往连呼吸时代都无法进入，无意成为历史来去匆匆的过客，以致轻到无法测度自身生命的重量。我写这本《我与非诚勿扰》，也是在畅销书名目下最大限度寻找个人的位置，作家不是经常在概率极低的际遇时，制造浪漫的相识或感人的重逢吗？

报名面试

我被父亲说服才走上舞台的，他是《非诚勿扰》的忠实观众。我总觉得他这么喜欢，是遗憾岁月没给他机会登上舞台，现在有了适龄接班人，便从儿子身上体会穿越时空的情感交流。父亲一度试看银屏上所有的电视相亲节目，唯独对《非诚勿扰》大加赞赏。那时我根本不屑于上台相亲，现实生活中，自己绝对不属于找不到女朋友的那种。可父亲总还是用期待的眼神看电视，仿佛我被他的目光挪进了屏幕。我不情愿，于是很郑重地对他说：“爸，您忘记我是哪里毕业的了吗？是靓女如云的中央戏剧学院毕业的啊！在学校连形式上都不曾孤单和寂寞过，还用得着上电视节目相亲？让大家看了多丢人啊！”我觉得好多人一开始都会有和我相似的顾虑，但后来明白其实没什么放不下的，只要你肯丢弃一些东西，得到的肯定会比失去的更多。

“那有什么丢人的？你去是挑战自我还可以给大家带来欢乐，也是你人生的一种全新体验！”父亲巧妙地驳斥我。当时，我发觉父亲的情绪正在脸部肌肉中酝酿，气血微微翻涌。“您觉得台上绝大多数女孩儿比我现实生活中遇到的强吗？”我根本就不服气。父亲开始转变策略：“儿子！你错了……你的受众人群其实很有限，对社会女孩儿的把握能力还是未知数。这么多年我一直和你妈悄悄观察着，你和她们打交道会力不从心，你的情商空间大，盲区也大。我是你爹，最了解你的人就是我。你的涉猎范围只在艺术院校，跟中戏、北电、舞蹈学院、广院的能逗到一起，但就整个社会范围而言，你还差得远呢。生活中有不少女孩儿也不错，其实都被你忽略了，也没有留心。这对你的写作也是不好的，会束缚思维方式！”我的头开始发胀，父亲不仅用激将法，还把格调升华到人生高度。看着神采奕奕的父亲我不忍打断。“你要想成为一个优秀的作家，起码应该具备一个男人兼容并蓄、吞吐潮汐的气局。”父亲的论调开始超越自然声区，正缓步爬向我人生价值的高度，我在想《非诚勿扰》得有多大魅力，才能引发爹让儿子重新思考人生。

每到这时，母亲都会说话，她会出来制止，认为我爸不应该“教唆”我不务正业。母亲这时已经检查出癌细胞肺转移，只是我当时没有意识到问题的严重性。我爸在这时顾及到母亲的病情，让风流岁月的感怀通过眼神静静地传递给我，然后平静地对我妈说：“他是搞创作的，如果失去生活，还写个什么啊！《非诚勿扰》这么有影响力的舞台，可以检验儿子很多东西，让他从生命本源寻找高度。再说，他的口才需要锻炼，这是个可以让口才垄断话语权的时代，在恋爱的问题上能写不如能说！”

我从母亲表情上看出，她有些震惊了，小声对我开玩笑地说："是他想去！"我在想，为什么我大学毕业考研我爸都没这么语重心长过！我清楚地记得他当时的建议是："不上就不上，反正也没什么用，等研究生毕业，博士都不好用了，再说了，好多人考研不都是为了在学校方便谈恋爱吗！"后面还来一句："咱不玩儿虚的，该干正事了，把精力用在写作上！"可今天父亲面对《非诚勿扰》，却执意劝我说："这个生活体验更重要，一旦上节目会给你带来新的生活感受，你写作、习武又养蟒蛇，这些会丰富节目形态，也会让人耳目一新！"我惊诧他考虑问题的新角度。

在私下里，父亲又悄悄地动之以情地说："你妈妈的病……她本身喜欢这个节目，你要是真的能去《非诚勿扰》，她会高兴，她一辈子最重心重情的人就是你，为你什么都可以付出。如果你能在屏幕上成功地展现自己，她更会感到欣慰。"其实在我爸说这番话之前，我就差不多决定了，更何况为了我妈，既然她喜欢，我必须去报名。

当已决定却还未报名时，我爸就开始给我上培训课了。我爸总说，他那个时代懂文学、会写诗，胜过一切物质财富，如果那个时代有这个平台，他肯定在上面横扫……我爸常愤愤于台上一些低智商、低情商的男嘉宾的不解风情，不止一次根据台上男嘉宾的各类“败笔”反复提示并告诫我。

“你要是上台不会这么弱吧！”

“怎么看不明白？落花有意流水无情！”

“你不会犯这种低级错误吧？”

“儿子，你要是像他一样，我就枉为人父了！男女之情怎能靠乞讨而来？”

我看《非诚勿扰》一贯保持冷静，对于自己的未来表现，我表示无可预测。我的主场通常是在光线暗淡的封闭环境里，如果当着几百人和上亿观众谈恋爱，那不光是能力问题，而且我认为在台上的女嘉宾真正涉及感情的问题有时并不多，潜台词就是她们只做浅显问答和资产评估。但我爹却摆手说是因为男嘉宾缺少聪慧，好多人不会构筑自己的平台去和女嘉宾进行对话……

我悄悄问过母亲："您真愿意在舞台上看到我？会高兴吗？"她回答很简单："只要你能从这个节目获益就去吧！只是不知道（她）会怎样想？"我妈说的"她"我随后即会交代。我妈最早看这个节目是因为我爸喜欢看，她才继而关注的，但我相信她后来也是十分喜欢了。毕竟在生命最后的日子里，《非诚勿扰》不止一次让她露出笑容。我妈是不会顾及别人的，她只会考虑我。回忆日后我的节目播出当天，却没能陪在她身边，因为我当时不知道她的病情恶化了，还跑了出去。据我爸的描述，说她看得十分开心，现在想来当时她连下床都很困难，这不能不说给我留下难以忘怀的遗憾。我知道当时我多么应该陪伴在她的身边！

除了父亲的说服，还有其他原因迫使我走上相亲舞台。这就和母亲提到的"她"有关。我妈一向在乎别人的感受，所以我在征求她意见时，她考虑的总是那么周全。我妈口中的"她"，指的是"书记"，我最好的朋友都知道。在我们恋爱时，她一次次地相亲让我心生烦怨。疯狂地外力干扰让人无奈且心力交瘁。至于为什么不放弃，可能是因为喜欢吧。作家多幻想，坚信天将降真爱于世人，必将制造各种苦难于恋人。可怕的是这苦难无穷尽，至于发生了什么，我觉得还是在后面的感情经历中再回忆吧。反正我这辈子无论活到多老，永远都三段恋情。这不是说谎，是个人风格问题。

在各种原因和外力之下，我决定报名《非诚勿扰》了。很多事情迟则生变，我在决心已下的瞬间就给薛漫白打了电话。她是我在中戏的师妹，南京人，每天有说不完的话，各种思绪、激情、灵感都溶解在絮絮叨叨当中。小白告诉我，她南京的好多姐妹都在栏目组，可以帮我介绍一两个认识，以便了解情况。我说不用了解，直接去报名。小白显然激动，仿佛在电话里就看到我从电梯而降，站在二十四位女嘉宾面前，目光交错却不免形单影孤的样子。

“你一定是受了刺激才想去的吧？是不是因为……可能还有……难道又是……？”

“对，确实，或许吧……我要直面惨淡的人生，不正视淋漓的鲜血，我要报复那不公平的爱情……我要让她爹娘看‘欢叔’到底能在世人面前呈现怎样一般风景……”我回答了她许多絮叨的问题。

“那你干吗不给他们看你的书？”

“看过了……不喜欢我的故事。”

“我觉得故事很好啊，《养蟒手记》多好！”

“那你生个女儿嫁我吧，也让师妹瞬间变成丈母娘，多么的给力啊！”

“不过，我们确实都挺想看见你上去……之前有个中戏成教学院的大爷报名了。默默地上去，又默默地下来，领回来一个女嘉宾，却没见有结果。但你就不一样了……反正你溜达一圈，台上的姑娘也看不明白什么来路。”

小白思索着她熟识的编导，之前她认为把我这类嘉宾推荐给《非诚勿扰》，会让节目在新颖程度上出现提升，因为我属于另类。集养蟒、写作、习武于一身的男嘉宾，从未有过。于是在心灵感召下她评估我更适合哪个编导。在她的运算过程当中，小白从描绘好姐妹们的欢畅豆蔻年华，到分散在各媒体世界，最终，她把编导桑洁介绍给我认识。我手中拿着编导的电话号码，特别形式感地拉开窗帘，望向窗外。也不知道这个电话打出去后，生活会不会就此发生改变。我对未知生活充满幻想，一想到我阳光兮兮地站在台上微笑，一想到个人才华在大庭广众之下再度无人认可，我的心情就无比激动。

虽然已经挺晚，桑洁仍为节目工作着。我第一次给她发短信，那感觉就像年底给领导电话拜年。她给我的回复基本没有语气助词，标点就更少了。在远处的女编导，正悄然辐射着她的威信。放下电话，我去找爸妈汇报，说星期六就去面试，如果顺利马上就去南京录制节目。父亲的激动让我开心，母亲依偎在床头的笑容至今让我难忘，太多事情她都没有笑容了。我知道她很遗憾儿子错过上段恋情，那无限接近婚姻，可以让儿子今后的生活规范如轨道般插入岁月深处的恋情。作为人母，希望看到的是儿子清晰的未来。而父亲则不同，他喜欢我动荡，喜欢各种神奇的变数发生在儿子身上。

我该如何准备面试？除去必要的证件外，就是整个人的装扮和状态了，在如此外包装下尽量展示自己和广大报名者的不同。在小白给编导打的电话内容里，她已详细地介绍了师哥的各种情况，比如意拳、养蟒、东棉花胡同的青涩岁月、还有一些经她处理过的情感绯闻……

我头疼去见编导该穿什么，对于不爱打扮的人来说，每次有严肃场合我都很纠结。面对衣柜十五年前就服役的衣服，还有很多碰都没过碰的，我茫然啊！我懒得打扮，不爱买衣服，不爱梳头发，但爱干净。我喜欢穿习惯的衬衫、T恤，哪怕每天洗，也经常抓住一件把它穿到薄穿到破。通常在这种情况下，我爸爸会发表意见。最终，我还像每天一样，没有做特殊打扮。其实，特殊又能怎样，三十年未变的脸型，十五年未变的发型……

2012年2月18日上午，我先从中关村医药生物科技园给母亲取中医的靶向化疗药物，这些尚未定名只用于临床的实验性小胶囊，寄托全家人对生命的留恋和希望。在家吃完晚饭，看着母亲把药吞下，我特别悠然地开车直奔东三环。这天是星期六，我和桑洁约好的是午后任何时间。由于之前入住过伯瑞豪廷酒店，所以很顺利地找到了泰达时代广场的报名点。还在地下停车场时，我就留心观察每个人，我觉得所有人无论男女老少都像是去面试的。

《非诚勿扰》在北京的报名点，是在百合网的公司所在地，位于泰达时代广场十九层。我从电梯里走出，用手机拍下节目广告画。看到几位深有状态的工作人员进出，我向她们打听编导在哪里。在入口处，我被贴上了编号“4”。按照百合网工作人员的引导，在一间疑似电教室的地方填表。屋里挤满了青年男女，气氛像是招聘会。在我们头顶上是各种灯和投影设备，幕布上不断循环播放着往期节目。黄头发的女孩儿坐在台上，她等着下一个环节的安排，工作人员从收上来的表中按顺序叫报名者拍视频短片。我没有带笔，正好有位特别友善的“眼镜兄”借了我一支。他说很高兴认识了我，并预祝大家都能成功。我从他眼中，看到了我远远未及的某种信念。《非诚勿扰》的报名表前面内容和加入各种组织的申请表特别像，姓名、性别、年龄、工作、收入等等，到后面才出现与婚恋有关的内容，比如你的婚恋观、消费观、婚后是否要小孩儿、做家务的能力、经济状况、财产由谁掌控、未来规划、独身多久和私人小怪癖……

我大脑空白了，很多问题从来没考虑过，还有些根本无法回答。以往经历都还没到某些条款层面就“终止合作了”。也有知道答案的，我想如果要如实回答了会不会吓到他们呢？就像最难忘的分手原因，我真是次次都难忘啊！但最难忘的永远是上次；私人小怪癖，我认为我没有，可是好多人认为我全是，比如：我养蟒；喜欢的异性类型，这个问题写字空间根本装不下。我以前觉得只要女朋友能不给我戴绿帽子就可以了，曾经一度把忠贞看作爱情的极品。后来，岁月如梭，时光荏苒，我觉得就算被“绿了”又怎样啊！春风又绿江南岸，要牛你把内蒙古、新疆的戈壁滩也绿了，我的心就宽容似海了。我喜欢的女孩儿，自己有时说不清，经常是朋友帮我总结。后来他们也总结不出来了。但落实到表格上，我还是很难把喜欢腿好看和穿高跟鞋、曲线性感写在报名表上；至于婚前财产公证，对我来说更难，我的那些来自世界各国有生命的小不动产，哪里肯被评估和公证呢？又有谁肯在婚姻破裂后和我分割宠物呢？到了繁殖季节，难道因为蛇要交配，曾经的恋人携财产重聚为物种繁衍吗？其实，我是个无法用表格来评估的生命物质。

接下来就是录制短暂的报名短片。等候在录音室外的其他报名者，有的清嗓音，有的整理衣装，模仿着面对镜头。百合网的工作人员告诉我们，这段录像将会出现在网站上，但直到今天我都没去看过。我依稀记得坐在摄像机面前，介绍自己，以及对婚恋的简单看法等。在这之后就是要和编导面谈了。

一位长得像徐志摩的工作人员，带领我转过了几个弯，走到了一间办公室门外。桑洁就坐在桌子后面的椅子上，她微笑地看着我，我也同样尺度地看着她。桑洁问我，怎么才来，我说一直在外面等。她职业地微笑着，脸上带出工作的疲惫，我送了她一本我新近出版的长篇小说《青春内幕》。伴随着桑洁的歪头审视，我的面试开始了。小白已经简单介绍了我的情况，作为栏目编导，桑洁对武术和冷血动物非常有兴趣。我从十年前接触冷血动物开始，讲述如何从第一条哥伦比亚红尾蚺的夭折，到专情独具观赏性的印度尼西亚树蟒，最终完成绿树蟒在中国的第一次人工繁殖。其中夹杂着无数年来，人们对蛇产生的误解。也为自己并非同样冷血做了诙谐的辩解。

“练武术，有什么好处吗？练武术，对爱情有什么帮助吗？”桑洁问我。

“当然有了，练武术身体好，所以对爱情有帮助。之前有人好奇，练武术的男孩儿和不练的到底有什么区别，就主动要求体验我……”

“那你现在让我体验下吧，如果是在台上，怎么让全国观众体验到呢？表演一段吧！”

我站起身，忘记脱掉羽绒服。我慢悠悠地抬起手，做了劈拳、炮拳和挥浪试力等动作。我向桑洁解释，动作并非是为了慢而舒缓。意拳试力是过程也是训练，慢是因为要体认各部分身体、关节、形、神、意念、力、气血的完整，武术的力，都是由“试”而来。内家拳的观赏点和银屏上的武侠电影完全不同。观众可能会认为，这样能打架吗？是不是骗人？师父曾经举过一个例子，雪亮的刀锋可以伤人，并给以震慑。而圆圆的手雷，从外形上看去并没有多么可怕，但具有更大威力。如果就此抬杠，一辈子也抬不完。毕竟，这时代借着国术招摇撞骗的人已深深影响大众观念。这些年跟着师父行走当代武林，形色的人物奇观比武侠小说远远丰富得多。

“那你谈谈武术和爱情有什么关系吧。”桑洁让话题重新回到婚恋。

“武术是爱情的催化剂，从达尔文的理论上看，雌性当然喜欢敢于和善于为她们争斗的雄性；从小姑娘的角度来说，找个会打架的男友多有安全感；从文化的角度来看，武术是中国传统文化的一支血脉，可以忽悠不少文艺女青年；从技术和战术的层面上看，真正的传统武术能让人变得细腻，身体超度敏感，可以特别有效地倾听和接受对方身体、精神信息。在无身体接触的时候，可以展开信息战。到了下一个层次，别人办不到的，会武术的可以。水平高的，可以让人感受不到武力的存在……编导，我是不是说得有点过了？”

桑洁职业性的微笑，貌似压制了真实的好奇。从我讲的这番话来看，面试应该是成功且与众不同的。她开始思考，日后我才明白，桑洁用她的个人风格正在为我的形象定位。

“以前他们要体验真功夫，通常都是关起门来……而且在舞台上的都是展示和表演。都是不真实的。中国有些武术因为太满足视觉和感官，已经逐渐丧失了其真正的内涵。真正的武术，在当今社会中会逐渐消亡的。那种你死我活的物种，注定会在和平年代经历从退化到衰亡。”我说。

“那体验过的人评价怎么样？”

“我不好评价，怎么说都像我在炫耀……”我竟然情不自禁地羞涩，为弥补话题走向禁区，我开始讲父亲是多么钟爱《非诚勿扰》的。桑洁又笑，她说小白都讲了，如果可以录制VCR时让我爸也说两句。我知道，他每次看节目都在酝酿着这一天的到来，过去那些年，他和北京台及央视都有过合作，比如撰稿、策划、出镜评论等。但为《非诚勿扰》他应该是由衷的。

“你既然是中央戏剧学院毕业的，学校美女如云，难道还找不到女朋友吗？”桑洁坏笑地看着我，从她的目光中不难读出小白师妹已成功将艺术化的绯闻传播了。我要说谎了，谎言中夹杂着真实感情。我告诉桑洁，这么多年，我的感情生活都没离开过校园或相似环境，可要寻找到走入婚姻的感情，只有期待更广阔空间的邂逅，必须跳出这个太熟悉的环境。桑洁点头，她觉得这是个不错的“官方”理由。

眼中的主持人和点评嘉宾

从第一句话后，我将开始赤裸裸、毫无保留地赞美。在中国，作为公众人物，无论你多优秀都会招来无数非议。虽说众口铄金的时代已成为历史，但民众的基因不曾改变。现在民声多烦怨，但凡涉及名人和有影响力的事件，评价和议论都夹杂着严重的个人情绪。怨声被巧妙地融合在批评甚至谩骂声中，骂名人也是廉价的减压生活方式。这些话用在针对《非诚勿扰》主持人和点评嘉宾的苛刻批评上最合适不过了。

时常在网络上看到对节目的非议，评论也波及主持人和嘉宾。我心里觉得特别滑稽，孟非、黄菡、乐嘉作为主持人和点评嘉宾都已如此出众，为什么还有人不满意？到底怎样才能让这些人闭嘴？我肯定不能在网上争论，这是个没边儿的事。俗话说，宁可和明白人打一场架，也不和糊涂人说一句话。

我并非因为曾经成为过《非诚勿扰》的男嘉宾，才出呓语溢美之词。参加节目让我更立体地了解了这个栏目和三位优秀的老师。我是一个作家，写作的职业性离不开人。从观察到再现或者是创造，我都会强加人物的个性色彩。但在评论孟非、黄菡、乐嘉时，我则调动灵感，以我个人最大的修为还原他们可能的真实面貌。说得不好，法律有诽谤罪，但赞美差了应该不会出什么问题。

孟非、黄菡、乐嘉的组合是三元素辩证法，缺少了谁魅力都会迅减。他们三个人在一起是可以发挥化学反应的。如果单论每位主持，可以评作全国娱乐节目最优秀主持“之一”。要三人同行，完全可以把“之一”去掉。如果有人不服气，我也不会和你抬杠，收视率和人们的口碑是最有力的辩解。

孟非在舞台上的每一句应变，都折射着他的人生阅历，而且他一贯体现的诙谐睿智是无法模仿和再现的。你可以剃光头戴眼镜，穿一样的衣服，用独特的口型表演，但无法走进他几十年的生活阅历。这就好比，当年窦文涛红了以后，好多电视台的不少主持人都戴上无限近似的眼镜，争相成为他的“兄弟一族”。我和编导桑洁渐渐变得熟悉起来，但从来不打听关于节目组的八卦和绯闻。我一怕难为朋友，二只相信自己亲眼所见和感受到的现实。孟非的成功我无法总结和概括，只能随便聊几句。这涉及“知人者智，自知者明”的古训。我只能说他是，人生、时代、银屏和生活艺术的一种独魅。

从“百度百科”上查到了孟非的个人经历，和我间接从节目中收集的信息差不多。我想那些记录还算客观，否则一定不会还留在那里。

孟非的高考语文成绩仅次于江苏省文科状元，理科却疯狂沦陷，命运的改变也从落榜开始。他想复读但并不顺利，最终顺应时代风潮，为寻找出路和同学去了深圳。然而现实很快粉碎了淘金的美梦，命运拒绝未来天才主持人在商海起伏，所以孟非在深圳时比高考落榜还要惨。直面生存压力，孟非从搬运工开始，在困累和低报酬中积蓄力量寻求转机，天生的高逆商由此更加强化。

据“史料”记载孟非回南京应聘，于公元1991年12月正式成为一名印刷工。“百度百科”上说，孟非是为了能看免费报纸才看重这份工作的。我从情感上不认同，我觉得当时他可能想不了这么多。在我眼中，工人的志愿是纯朴的，因为他们直面生活。至于后来为什么不当印刷工，是因为一次险遇的工伤遭到领导斥责，辞去印刷厂的职位，“隐痛藏恨”地离去。我冷静思考，也许他的人生真如此，可我又不情愿把孟非早年经历合并到网络写手的套路和程式当中。哪怕同为意象，我宁愿失真，也要让版本不和诸多天才传记的风格雷同。

“从工人到电视台，传闻孟非有很多过渡性职业，比如为生活，孟非不间断地打些短工、送水、拉广告、做保安、开起了小型超市等。但由于经营不善，小超市于公元1994年初被迫关门。血本无归的结局，让孟非沮丧，觉得仿佛走进了人生死胡同。该怎么办呢？是坐以待毙还是奋起自救？倔强的孟非选择了后者。他又一次开始到处寻找招工信息，他相信，一定能找到属于自己的天地……公元1994年2月，孟非从报纸上看到一则消息：江苏电视台文艺部体育组要招一名接待员。孟非眼前一亮，自从在报社的印刷厂工作之后，他对媒体一心向往。虽然他知道，这份接待员的工作最多只是端茶倒水，接接电话……可还是去报了名。这一次，孟非打工的经历帮了他，身体强壮能吃苦的他很快被录用了，从此成了电视台里的一名临时工。这一干就是一年多，他仍然做着可有可无的工作，是二百多名临时工中最不引人注目的一员。渐渐地，已经二十四岁的孟非对眼前的工作又产生了困惑，他忧心如焚：难道我这辈子只能端茶倒水吗？他最终立志做记者……”好了，一旦进入了电视台，传记就变得简单了。因为电视台里很多人都经历过各种内部岗位。

上述“史料”描述仍然具有浓重低层面的传记写作

风格。事情可能无法编纂，但情绪和心境应该都是“史料”记载者的局限性猜度。我清晰地记得，小学时代有关名人的缩写传记都是这个风格。如果换我，会做这样简洁而不容易被挑出破绽的总结：孟非生来就是为做主持人的。他在《非诚勿扰》上的主持风格像位武林高手，不仅能将尖锐问题引进落空，还能借力而不伤理，所留余言特别值得观众回味。这是中国的哲学和文化，不是传授和课堂上能学来的。一位优秀的主持人需要电视、地利、人和的共同创造。他确实和许多成功的人一样没有高学历，在社会底层历练出生活、生命意志，将人生的磨难幻化成应变和幽默，天生的性格使人诙谐，心界令他宽容。但从中走出的孟非只有一个，观众应该珍惜他，毕竟多少年才有出现这样一个平民风格的脱俗主持人。

乐嘉是个真性情的大男孩儿，节目形态约束着他内心的激情和浪漫，孟非也会将他瞬间爆发的情绪拉回到原地。回忆第一次在电视上看到他，我是被他的肌肉吸引的，想一个主持嘉宾为什么要把身体练成这样？我是习武之人，搏击神经和运动神经是两个截然不同的体系，尤其对内家拳而言。后来猜想，这可能是他的生活态度和个人风格。毕竟在中国的嘉宾主持人当中，肌肉动感型还是很少的。男人肌肉发达就视觉而言，会给女孩子一种安全感。大多嘉宾主持人易走沉稳、睿智、深沉路线，无论真实情况如何，总会竭力塑造观众心目中的理想状态。但乐嘉完全不同，他在尽可能地展现和提升真实的自我。巧妙地将嘉宾主持人技巧融入个性和激情当中，他聪明、感性、率真，经常会有人忘记他坐在那里也是嘉宾主持。

我在网上看到乐嘉版的“少林寺十八铜人”才更加深了对他的印象，他的光头和孟非迥然，无论是形状还是光泽。两个光头，承载着截然不同的性情。乐嘉的情感系统和“触觉装备”在《非诚勿扰》的现场呈全线开启状态，不断接收来自女孩儿们身上的各种信息。乐嘉纯粹得可爱，接收到的多是正面、积极的元素。他对隐藏起来的真情假意、虚荣、女人心机本能地屏蔽，或不愿提及。因此他的回击经常性地带有情绪化，也很直接。让喜怒直接和尽情形于色，是乐嘉独特的个性美。

我没有在舞台下接触过他们，所以只是对舞台感觉的猜测。我的分析和评价，更多是寻找相互理解的契合点。在录制节目当天，从化妆间出来喝酒时曾看到过乐嘉，私下再无接触了。我觉得他在日常和演播室里，是两个截然不同的人。

我对乐嘉的教学和专著不是特别了解，兴趣是他的性情和舞台感觉。无论哪家电视台，从地方台到中央台，都是人际关系特别复杂的机构。我觉得乐嘉少城府，这句是褒义。在这个庞大的系统运转体系中，处理人际关系的同时势必要委屈自己。如果纯粹融入其中，估计他很难有那么强烈的舞台冲击力，乐嘉也无法在节目中对女嘉宾喊出，如果有来生，我愿意娶你。这种纯粹的情绪。乐嘉在男女上的情商比绝大多数男嘉宾高，那些还未出口就会失败的最终告白可能早熟于他内心。解风情，对于一个男人是多么重要。当面对那些人生、阅历坎坷的过来人，乐嘉的态度是淡然的，他保持着距离和自我。一些男嘉宾为了彰显自己个性，故意拿主持嘉宾做磨刀石，乐嘉不愿就此接受。我喜欢看他关怀那些情感问题上处于劣势的男嘉宾，因为他的关爱饱含情绪和个性，爱憎分明并且充满金属性的正义感。很遗憾，我在舞台上走过的时光中，太少涉及情感方面的对话。除去情感问题上的对话，我还有遗憾就是关于武术和健身的。在《非诚勿扰》的舞台上来过不少会功夫的嘉宾，一些看上去很厉害的功夫，其实只是看上去厉害。我又站出来评论别人的武功了，罪过罪过……群众的眼睛是雪亮的，但再雪亮的眼睛如果戴上有色眼镜也是徒劳。在台上没来得及说，运动神经发达和搏击神经兴奋是两种完全不同的体系，以至于呈现在身体上有着截然不同的外化。我欣赏干货型肌肉，是因为它在别人眼中能引起尖叫和赞美；我更欣赏技击型肌肉线条，那才是属于自我的审美。

乐嘉经常会刺激黄菡老师的存在感，我觉得她有的时候就要急了，可是到最后她还是能平复下来。称黄菡作老师，并不是时代流行的官称，而是因为她确实是党校老师。黄老师坐在那里，安静怡然，温婉而极具女性的大家闺秀风范。她平时的言语少过孟非和乐嘉，黄老师是用气场和极富人性之美的思辨力在讲话。很多女嘉宾在台上都能感觉到她的温暖和慈爱，她们觉得有黄老师在就有安全感。我在录节目之后，编导告诉我，黄老师挺喜欢我的。我后来把这些话转述给同班做编剧的同学吴薇时，她笑嘻嘻地说，黄老师喜欢绝大多数男嘉宾。我顿时无语了，她确实说得对。转念思索，如果真是她讨厌的人，那个人应该确实讨厌到一定境界了。女性之美让黄老师更显贤淑宽容，她身兼两种舞台气质。我相信，坐在电视机前也有不少暗恋她的男观众，而且这个年龄段可能跨度很大。至于女观众，喜欢她的更会不计其数。

黄老师经常不苟言笑地解读无法回避的现实矛盾，比如“婚后婆媳关系的相处之道”。很多年轻的媳妇不知道用什么样的态度和婆婆相处，黄老师表示婆媳矛盾可以理解：“两个素无交往的人因为同一个男人而学着共同生活在一个屋檐下，其间的微妙可想而知。不过，我以为‘婆媳大战’的提法太夸张了，大多只是婆媳‘暗战’，而婆媳和睦的亦不乏其人。”面对网上关于婆媳关系的探讨，黄老师坦言自己不能给出“诀窍”，但是能给出“大忌”。她说：“诀窍我不知道，但大忌包括把婆婆当情敌，把婆婆当负担，把婆婆当自己的妈。”在日常相处中，不少年轻女孩儿都关心要不要和婆婆一起住，因为一起住会产生各种矛盾，黄菡老师说自己赞成的是“一碗汤”的生活方式，即指父母与子女家的居住距离不远不近，煲好一碗汤送过去刚好不凉，既可以方便探望老人又不至于住在一起。她说：“我比较赞同‘一碗汤’的居住方式，当然，这需要很多条件，父母观念和健康状态、家庭经济条件等。不过，无论选择怎样居住，目的都是有利于家庭和谐和快乐，所以要时刻准备退而求其次。”提出了很多建设性的意见之余，黄老师还用自己的经验和感受跟网友解释婆媳关系：“我和我婆婆相处得挺好的。如果我是婆婆，我会喜欢有我女儿的优点但没有女儿的缺点的女孩，比如善良、体贴、聪颖、干练，不任性、不浪费、不懒惰、不张扬。”

在孟非和乐嘉诙谐、幽默、生动、机智、激情等舞台表现后面，是黄菡作为老师的理性和客观风格。这让三个人成为密不可分的辩证统一体。如果有挑剔的读者对我的哲学套路有所质疑，您也只能忍耐了。因为我的美好年华，是被辩证主义哲学“快餐”抚养成人的。我读过尼采、黑格尔、斯宾诺莎、海德格尔……但他们都没有给我留下烙印，只是在我早些时候和姑娘们的谈话中赢得些主动。我的潜意识里只有辩证法，哪怕在梦中都会有矛盾对立统一的惊悚。因为那时既没有钱也没有好身体，谈一些哲学家的名字可以弥补各种缺陷。后来长大成人，我渐渐地抛弃了那些外国人的名字，因为我真实地发现哲学系的学生在感情上未必有所建树。更重要的是，现实改变了。跑题了几行，用力拉回。我再次表示，《非诚勿扰》的舞台上孟非、乐嘉、黄菡这三个人缺一不可，无法替代。其他卫视台可以斥资完整拷贝节目，但是“金三角”的组合无法复制，这也就决定了其他相亲类节目无法超越《非诚勿扰》。这话可能我讲绝对了，但这是自己的书和阵地，我怎么讲都可以。讲真理的人，可能未必有讲心里话的可爱。我愿意做一个主观而可爱的人。

录制VCR

二月下旬的我，穿着羽绒服从泰达时代广场走出来。午后的阳光斜射在身上，我的身体暖暖的兴奋着。这绝对是从未有过的生活体验！在《非诚勿扰》报名和面试后，我被通知两天后录制节目的VCR。时间相当紧。桑洁让我联系有分量或特点鲜明的亲朋好友助威。以往的节目，在播放朋友采访VCR的时候，是集中灭灯的环节。为证明自己是好人并且靠谱，我得找有说服力的声音，我希望朋友采访这个环节能给我带来好运。

我第一个想到的是当代著名编剧王宛平，她是我在中戏上学时关系最好的老师之一。当时她教小说创作，我虽为戏剧文学专业学生，却独爱长篇小说创作。王宛平老师胸有江河，却不善言语，她又不擅长经营人际关系，所以只靠创作实力独撑一段艰难岁月。才华终究不会被掩埋，真正的优秀编剧靠笔下工夫，在我毕业后的日子，她编剧的《我的泪珠儿》《幸福像花儿一样》《甜蜜蜜》《金婚》都是疯狂热播的电视剧。当我邀请她录制亲友访谈时，王老师很为难，却不忍直接拒绝，说要是能为我写点什么，她毫不犹豫可以帮忙，但要面对镜头和采访真的很为难。我只好放弃；大学时候班主任武亚军老师，曾因大宝和IBM广告有很高的面孔识别率，一晃十年，他已然成了学院系主任。因正值招生敏感时期，校园封闭，不仅武老师行动不便，就连我们也无法进入学校拍片儿。中戏的人在外很齐心，重友情是约定俗成的传统。我的师哥师妹知道我要上《非诚勿扰》，大家主动提出帮我联系参与人。谁都知道中戏太不缺腕儿级明星了，大家帮忙联系刘烨、吕玉来、汤唯、袁泉、陈好等等，他们却没一个人在北京。我父亲试图联系葛优、张光北、李强、李萍等人他们也均在外地。而录VCR只有一天时间，其他师哥、师姐也都在档期，我很遗憾，最终我一个中戏人，只能到清华大学去拍摄VCR。因为我的师父在那里任教。我父亲几十年的好友著名书法家武元子、摄影家温海成都在清华美院任教，他们是从小看我长大的，我也经常和他们交往。由于时间紧张，关于朋友访谈的人选也只能围绕在清华校园了。

《非诚勿扰》工作人员的高效渗透在每个环节中，整个团队都充分发挥个人潜能，用最少的人干最多的事。在银屏上让如此丰富的画面呈现，制作过程绝无半点拖泥带水。桑洁负责面试，外拍由别的编导完成，她会在江苏卫视的总部等来外拍素材再进行编辑。日后我了解到，桑洁都是一人拖着旅行箱到五大城市《非诚勿扰》节目报名点独自完成工作的，一个周末的时间，她会在不同的办公室从数百人当中挑选符合节目要求的男人和女人。每当桑洁出现在录制现场时，她都会戴上耳机化作为现场编导指挥作战。负责给我外拍的导演叫郭俊涛，他心地纯粹，擅长拍煽情风格的VCR。桑洁开玩笑说能赶上郭导拍VCR是我的幸运，他会把你塑造得唯美且通透。

郭导和我电话沟通第二天拍摄的相关事宜时，他和摄像正在从河北外拍归来的路上，等他们到了北京已是夜里一点钟。我痛恨一切有碍八小时睡眠的工作。郭导表示，苦情电视人哪里来的睡到自然醒，别说睡觉了，就连吃饭、谈恋爱、娶老婆、生孩子都被耽误了。的确，郭导演还是单身，在奔忙为别人拍摄关于爱情影像时，却牺牲了自己恋爱的时间。《非诚勿扰》每段VCR都在一分钟左右，通常三段要在一天时间内由编导和摄像共同完成。我要在前面两分钟的视频中充分展现我的个人生活，要将文学、武术、蟒蛇、情感经历等融入其中。在没有充分时间构思的情况下，要在VCR中融入这么多信息量确实难度不小。为了提高效率和减轻外拍导演工作强度，我连夜编写VCR中的文字台本。我希望从客观角度介绍自己，称自己为王欢，以第三人称的视角叙述他的生活。大约凌晨两点钟，我用手机短信把内容发给郭导，他认可了我的想法，并在“浅睡眠”当中为我策划短片风格。

北京的交通是“饿死过人的”，特别是在早晚高峰时段，堵车可以持续“一个世纪”。早晨七点半郭导和摄像从南三环刘家窑“7天”酒店退房，一人拖着行李，一人扛着设备奔向北三环和我会合。那天我起得也很早，因为又要面临选择穿什么衣服的难题了。

拍摄地初步定在两处：蟒蛇所在地和清华大学。上午先拍我和蛇，中途抽空约好朋友录制一段朋友采访；我父亲中午赶往清华，和我师父及几位看着我长大的清华老师会合。郭导和摄像在此前都没怎么见过真的蛇。我承诺他们即将见到的蟒蛇品种在中国任何一个动物园都不曾被饲养，并自信地说国内动物专家可能也只见过图片。自母亲被检查出癌症肺转移的当天，我就把近三十条蟒无限地期寄养出去了。十年来，我的生活无论有怎样的变故，都不曾远离这些动物，我可以把被常人视为异类的冷血动物，和自己及他人生活处理得很完美。虽然没有充分医学根据证明蟒蛇对癌症患者有影响，但考虑到它们要和母亲在同一个屋檐下呼吸空气，面对患病未知的母亲，这种割舍太微不足道了。我打电话给M姐，她听说我要把绿树蟒都搬到她家，激动得快要哭了。

郭导和摄像都很好奇一个问题，这其实也是很多人关注的：蟒蛇和爱情之间的矛盾你会如何处理？以前我常喊着，“宁可不要爱情也要这些动物”。但是这种对立在近十年的时间里从未出现过，我接触到的各种女孩儿几乎没有恐惧蟒的。在我的女朋友当中，只有爱蛇的却不曾出现排斥蛇的。其中有年年生日礼物送我蟒蛇的，也有协助我为蟒蛇“填食”的，当然我也没有从“爬友”当中物色过女友。有时太熟悉反而不能成为恋人，俗话就是这样解释的。加上我一直在养蟒圈中塑造高尚形象，怎可能把“魔爪”伸向同好？这种挨千刀和雷劈的动机却为好多人拿来，利用女孩儿们对蟒蛇的好奇，从而找到释放罪恶荷尔蒙的渠道。

我告诉编导，现在正赶往的蟒拍摄地点，那里的主人是一个女孩儿。郭导说：“你们爱好相同，‘还不内部消化了’？”我表示罪过，不知怎么我会认为如果和女蛇友产生爱情有乱伦的负罪感。他们还是无法理解正常女孩儿会喜欢这些的。不过M姐确实是个正常姑娘，她有正规职业和人生价值观，只是这个爱好惹人非议。M姐奋斗史其实很励志，也少有人了解她的个人奋斗史。我之所以能把所有蟒寄养在她家，是因为她对蟒的爱并不亚于我。M姐独自住在三室一厅的房间里，其中一间完全属于蟒。在我的树蟒军团转移后，她家的蟒蛇数量已近百条，品种也近二十。来自南美洲、非洲、亚洲的“国际部队”，井然有序地过着独居生活。M姐曾为改变自己的生活立志奋发，可当蟒蛇走进她的生活后，她又要对更多的生命负责。M姐为了蟒蛇们的集体幸福，辗转于各个生意场所，被迫成为一个大女人。

之前M姐做了很多心理斗争才决定让编导和摄像来她家里，她在拍摄前一晚特意打扫了卫生。对于《非诚勿扰》栏目组，她非常喜欢，她说中国几十万养蟒人，媒体还从没有正确和客观地报道过呢。终于出现有资格的人在电视上展示养蟒人的风采了。

真正的冷血动物饲育者从来不接受把蟒蛇当成个性标签，或拿蟒蛇在人前“穷舞贱显”。M姐明白《非诚勿扰》节目的影响力，担心会惹来麻烦，所以她拒绝出镜。M姐对我的感情生活并不感兴趣，她只希望我会引导更多人，了解蟒蛇是种国际化的正常宠物。

郭导和摄像站在金蟒蛇的面前，不知该从何拍起。对于普通观众，四米长的金蟒显然比我的绿树蟒更有视觉冲击力，但它却不属于我的生活。我告诉他们，只有这些绿绿的树蟒符合我的气质。无论我还是M姐，都很少将蟒无端上手把玩，我很少用人性化的关怀去侵扰它们。

为了拍摄更具观赏性的VCR，按照导演的构思，我把一条成体ARU绿树蟒拿在手上假意检查它的身体,让它从我手里伸向空中的曲线更加动人，让它的肤色和表情在电视屏幕上更清晰地展示出来,为爱情VCR添彩儿。我变换着手中的蟒，或给它们换水或打扫卫生，尽可能重现日常对蟒蛇的照料。摄像很紧张，他惶恐缓慢运动的蟒蛇会发起攻击，我告诉他蟒蛇只有在害怕和被侵入领地时才会进行攻击。网上说的，它们会用身长来衡量猎物、伺机吞食，这些纯属是人们的臆想。这种错误臆想，几乎充斥所有我们未知的领域。

我无法体会编导和摄像眼中蟒的模样，但却能想象到当这一幕呈现在舞台上，甚至所有电视机前的观众看后的反应。因为这些全在养蛇人的意料之中。我之所以选择拍摄这些“特殊”宠物，也为展示我的人生态度。和所有在这个舞台上来过的行业精英纵向比较，我可以算是这个领域的先锋人物。这并不在于我的饲养品种和繁殖成绩，而是在于多年来我对冷血动物的态度。我一次次地冲破人的局限性，剔除多余主观强加的情感，背负从自然界掠取宠物的罪恶感，将人类还原到更低层次的生命平等对话平台。我不知道台上和台下观众能从中了解多少，绿树蟒和我真实地站在了那里。

VCR中的第三人称叙述都由我自己来完成，拍摄完所需要的镜头后,摄像要求和蟒蛇合影，M姐把温顺的变异网纹蟒放在他身上，告诉他野外的个体有过十四米的体长记录。摄像的表情有些骇然。这时家中的小狗溜到门边上，看着屋子里的人和蟒，凝视了片刻后转身离开了。很显然，它对我们都不感兴趣。我拿起郭导改过的脚本，单纯录制了VCR里面的声音，有过不少次舞台经验的我，在还原自我时还是有些吃力，用王欢扮演王欢真的有难度。完成声音录制部分，我联系了下个拍摄地点和我的朋友。郭导和摄像收拾装备，M姐端上热水并祝我们一切顺利。从她家出来，我让编导们闻空气中的气味，出电梯后蛇的气味就变淡了。摄像说确实有味道。我笑笑，告诉他我们闻见的是白鼠味儿，蛇是没有味道的。

青年画家陈卓，是我单位一位老师的女儿，通过我们在工作之余的闲谈，我了解到她家的这位绘画天才。她是当代天价油画家刘小东的研究生，在中国书画家要看出身门第和师传，我不仅收藏陈卓的作品，我们还是非常好的朋友。邀请陈卓录制VCR纯粹是欣赏她的才。，按照历史习俗，任何时代作家都会有不错的画家朋友。陈卓从央美附中到大学毕业，到被当代油画名家刘小东收为弟子，走的是纯粹天才路线。很多成功艺术家，要经历生活或形式上的苦难，但并非每个人都会走这条路并能从中走出来。无论绘画还是写作，作品深层内涵都深受所处时代制约。能否被伟大时代雕琢，是造化和缘分。刘小东认为陈卓适合在简单生活中进行精神探索，可以独涉超群拔俗的空灵之境，这是客观形成的。以往刘小东在接受记者采访时总谈到陈卓，他说她是自己学生当中最有样儿的。在我们身边，或多或少都有被赶鸭子上架走入艺术歧途的人。陈卓则不同，是绘画选择了她，画笔和油彩是她生命的依托。很难想象，在这样一个艺术拜金的时代，没有任何关系和特殊背景，能闯出一条有自己创作风格的道路。难怪刘小东经常和她开玩笑："我收你当学生，都没有要钱，怎么着也得让你妈意思意思吧。"陈卓回答得也很干脆："我妈没钱。"这是我所佩服的，如今一旦她有画展，不论规模大小一小时内所展作品肯定被各类买家订购一空，这话绝非注水。

在我认为全北京最难吃的意大利餐厅门外，陈卓面对摄像机和编导谈着我。我站得远远的，怕影响到她。很显然，陈卓习惯用画笔说话，在镜头前大脑接近空白。郭导让她谈王欢的缺点，陈卓想了半天没找出来，她笑着说："矮算缺点吗？"我其实缺点挺多的，但是讲出来肯定也会被删掉，如果不删掉可能会影响到节目安全。我热爱音乐，歌声可以催人泪下。陈卓实在不知道怎么讲我的缺点了，我就告诉她，说我唱歌跑调吧。郭导建议，尽可能用绘画语言来形容我难听的歌声，大概就是，"王欢的歌声不仅高更、塞尚、莫奈，更米罗、马蒂斯、达利……"陈卓又说不出口了，因为真的画家是不会经常把大师名字罗列喷吐的。最终她还是按照我的提示去说的，如果王欢到了需要对歌才能娶到媳妇的民族地区，他一辈子将形单影只了。

我因只请了编导和摄像汉堡吃而深感愧疚，一直说再来北京好好吃顿饭都没有如愿。外拍导演的辛苦和工作强度甚至超过了农民工兄弟，在程式化的工作模式下，他们要不断周而复始地调动灵感和激情，既累身更累心。由于晚上七点就要赶到机场，所以拍摄时间格外紧张。我们在吞咽食物的时候又匆匆上路了，随后又出了交通事故。纵观我多年来出的交通事故，两次是和大公交车，一次是和出租车。我们被撞时，我确实困了，加上摄像坐在副驾驶拍摄空镜头遮挡了视线，才确实没看到转弯而来的出租车，可能出租车司机更困，所以直直地将车头撞进车门。于是我们在北四环的辅路搁浅了，摄像这下可以从容地将镜头对准天空取景了。

他不是一般的摄像，关于他的传奇有很多。如果算上和着我一起的撞车事件，他应该在拍摄和录制节目中屡次遇险了。听说他在江南水乡拍摄VCR，由于男嘉宾要水上取景，摄像深度恐慌，因为他不会水。男嘉宾说船上有水手不会淹到你，摄像才犹豫着肩扛机器登船。恐水症瞬间侵袭，摄像如入云霄，身体开始飘忽。众人眼看着他的身体从倾斜到飘落，最终倒向湖面，但在入水前一刹那他却以高难度将摄像机推送回船上；某次直播现场，主角还是摄像兄，由于机位问题，他受到了批评，冷汗直流。等导演再次提出严厉批评后，摄像兄长久地沉默了，好久以后大家才发现他已昏倒在地。一米八几的壮汉啊，倒下得竟那么悄然；又有一次，摄像兄到了监狱拍摄犯人，至于发生了什么，还是留下充分想象空间吧。总之，我凝望他高大，且完全遮住侧面车门窗户的身躯，摄像兄注目蓝天白云，仿佛电视人的生活永不停歇的在前面等待。

世人传言清华自古无美女，数年前我第一次前往，魔咒即被打破。清华大学将中央工艺美院兼并后，工美就成了清华美院。崇尚艺术的人，是不在乎工美是否用清华做修饰的。多少人怀念那些以艺术标准为入院考核的年代，如今画画的、雕塑的、艺术设计的还要和高考疯狂厮杀……我的师父就是那时从东三环搬到了海淀，以前可以在工美操场上练拳并有主场感觉，现在清华门深似海，陌生的空场使人有失重感。

第一次。我和师弟来到清华门口，当时他一米九，我一米七几，对面走过来一个瞬间让时空定格的一位漂亮女孩儿。师弟顿时“shit”了一句，说完后竟羞红了脸。处女座的男人啊，关键时刻掉链子！我拽他一下，他惊呼：“你要干吗？！”我抬头看他，然后直直地走到那女孩儿面前问路：“同志，你好！请问美术学院怎么走？”她居然漂亮得让我不好意思再看她的脸。女孩儿没有回答，我立刻用目光追问。她笑了，然后讲了好多疑似的外星话。我因太紧张竟没分清是日语还是韩语。擦身而过的清华美女，让我不住地回望，一米九的师弟却只看前面，头也不敢回了。我们竟然如此不经意地颠覆了清华无美女的传说。

郭导和摄像被VCR中的嘉宾接进清华大学美术学院。著名摄影家温大爷（这种大爷之称源自中央工美，似乎延续了老北京的称谓风格，对有感觉的老师或朋友姓氏后习惯加上一个“爷”字，有甚者再加“大”字）穿着西服，蓬松着教授般的头发，像十年前一样谈着斯皮尔伯格、伯格曼、布列松，那感觉仿佛昨天他们还在一起喝啤酒、吃烤羊肉串。行将退休的温大爷和我父亲相识四十年了，他的一生是传奇和浪漫的一生，是制造诙谐的一生。我曾以他为原型写过长篇小说《爱曾如海浪也白头》，庆幸的是他很少读字书，好像至今未读过这本写自己故事的书。温大爷已经到了退休年龄，但是仍在清华教课，这算是个奇迹了。在美术学院的门口，温大爷拉着郭导和摄像阅读学校的排课表，并坚持让他们的目光在自己名字上停留至少七十二帧。我们四人来到了温大爷的办公室，两位编导显然被清华大学的气氛所感染，显得有些局促。温大爷坐在办公室，用一些摄影技术语言作为开场，等待VCR的录制。我把得意的笑容强压下，因为温大爷的状态太给力了，他从容幽默的就像开媒体招待会。

“王欢这个孩子，我从小看着长大的，他聪明、有才华、能写作、会武术，身边从来不缺乏美女，一个接着一个，特别地道。他迷恋大长腿，五官可以忽略，但腿一定要漂亮。这小子风流但不花心，特地道，一般以上地道！因为他善良实在，待人特宽厚，所以不少姑娘都喜欢。他跟刘备一样，宁可叫天下姑娘负他，也不负天下姑娘……”温大爷讲话历来以不用标点符号著称，他的语言极富独创，诙谐时还不忘形象，不时郑重地整理西装衣领。就在他换气间，我父亲制止了他对我的评价，因为这样播出来台上灯就全灭了。他忘记了这是录制电视节目，他的表情告诉屋里所有人，这样才是他的讲话风格，才有穿透力。于是，我们迫不得已重新规划温大爷的评价。温大爷微笑地接受整改，然后继续面对摄像机。

“王欢这个孩子，特别实在，为人善良从来不戴面具。有才华，文学上颇有造诣，高中时就出过书。到现在出版过好几部长篇小说，低调不张扬，从来不虚荣，不像现在的年轻人追逐名牌，穿皮尔`卡丹、金利来、华伦天奴……”温大爷又失控地进入了自己的语境。我顿时感到崩溃了，他的谈话不仅结构二十年不变，就连内容也不曾有所动摇。难怪我另一个清华大学的朋友书法家武元子教授，每谈起温大爷称他是个奇迹。武先生认为，清华兼并了中央工艺美术学院，除了院长只有温大爷觉得如鱼得水，原来东三环那片瓦之地不够温大爷神“鱼”摆尾，到了清华才能大有作为。

书法家武元子先生和温大爷的性格形成鲜明对比，这一点从名片上就可以充分体现出来。温大爷的名片正反面都印不下他的官衔，从清华大学美术学院高级工程师、中国摄影家协会教育委员会秘书长、中国摄影家协会摄影函授学院教务处处长，到列支敦世登摄影家协会理事等。武先生曾郑重客观地说，温大爷受学院委派，多次去世界很多国家进行学术交流，到列支敦世登一行就成功打入对方内部。他还数次担任该国超级摄影评委，参加过许多国家A级的摄影大赛评委工作……总之，温大爷对我的评价让我充满感激。

全世界只有武先生可以这样和温大爷开玩笑：“到了你这个境界，拍照还用什么相机呀！”温大爷也服气。六十年人生，温大爷只有面对武先生时“武功尽失”。武先生的人生完全和温大爷相反，他是个幽默而纯粹的书法家。幽默是因生活拿他做纸，尽性挥洒人情冷暖。这点和孟非相似，他的反应和欢乐都是人生坎坷和灵性共同创造的。我觉得真正幽默的人，不是要逗别人，只是灵感所致的随性发挥。武先生不借助任何媒体，他像古代书法家一样，专心个人修为并不懈的通过临帖与先哲进行精神对话，落在宣纸上的字是人生的风云之色。我从侧面不完全了解，北京申奥时他的书法作品是以国礼方式送给外国嘉宾的。清华大学也一直用他的书法作品代表清华作为交流的馈赠。原中央工艺美术学院院长常莎娜说过：“武元子的字，是中央工艺美院的门面！”总之，武元子以布衣书法家的姿态面对生活，不奉迎不炒作，悄然和浮躁的时代做精神对抗。所以，我一直很在乎他对我的评价。武先生在VCR当中，依旧淡定介绍和谈论着我，像是从容的完成一次书法作品。

在清华大学最核心的环节就是要拍摄我和师父间的VCR，关于我师父我会在后面专门介绍。他在工艺美院期间，也就是年轻时，曾为老院长常莎娜做了十年的助教，后来成为染服系的教授。师父的美术教学，经常融入拳理，也以此为切入点讲述中国传统文化。中国武术，作为最为实证的传统文化，有着极其特殊的特点。单纯的学术无法见高下，但以武术为载体的文化论证很好分结果，你对还是我对，比武就可以见分晓，否则很多矫情的问题一辈子也辩论不完。作为意拳第四代传人，我于2002年拜入师父张树新门下，他的师父是创始人王芗斋的女儿王玉芳。

是我和师父商量的如何在VCR中展示意拳的，最终决定简单表现站桩和试力两种训练核心。郭导为了增加节目的可视性，建议两个人可以对练，于是师父带着我推手。在师父的理念下，推手只是同门之间的摸劲训练，完全不能当作输赢胜败的界定。师父一向嘲笑，那些以推手定输赢的愚钝标准。什么退后一小步，摔个跟头，就是功夫不行，简直是迂腐。我不知道郭导和摄像眼中，我和师父的表演是怎样一种呈现，他们或许觉得不够过瘾。关于意拳的VCR，我们都尽力了，因为这确实是不好表现的。可能观众只看到一些“简单的站立、舒缓的动作”，却不明白这是为什么。好比爱情中的欢笑和眼泪，聚散离合，但爱情的一切真的是这些吗？

关于爱情，VCR中还要用写意的手法重现以往的感情经历。由于拍摄时间紧促，能为我出镜的女性朋友不是在片场就是在排练场或走台。郭导需要女性角色，他建议我在学校里先抓个群众演员。他建议的时间是十分钟，我压力不小，难道导演忘了此刻正是假期的清华大学，去哪里找我记忆中的初恋形象？能够以光明和使命感的理由搭讪，是我平生第一次。我兴奋地冲出温大爷办公室，准备将全身心的热情交付给清华园。我做好了充分心理准备，在清华大学中“翻山越岭”、“渡水过桥”寻找郭导审美下的恋爱旧影。结果还没有出学院楼，就碰上了两个女孩儿，只有十八岁的田博文和李蓉。现实又一次在我这里颠覆了清华无美女的谣传。

我当时有非视觉的惊艳感，这主要让我回忆起，初次来清华时，在校门口邂逅异国美女。今天见到的这两个女孩儿，带着真实和内在的美，青春、活力、艺术气质潜藏在内心深处。我看到的是两个人此刻和几年后的魅力。我从发现目标到搭讪几乎是同时进行的，自然且随和……我先表明自己不是坏人，还给她们几秒钟时间仔细看我到底是不是坏人。我再问知不知道《非诚勿扰》这个栏目，其中的VCR要再现感情经历，但我事先约好的人因为各种“正当”理由集体放了我鸽子。我想请其中一个人扮演写意版的初恋和前前前女友……

在美术学院大门外的雕塑旁边，我和小田同学反复演练着想象中的初恋。她不仅喜爱《非诚勿扰》，而且还是乐嘉的粉丝。她用顾盼流连辉映着我羞涩的鲜花，仪式感沉重的示爱让我心突突直跳。长这么大以来，我都没有如此送花，并且看她把花束掉落在地。难道已经三十岁的我缺少一次如此爱情，人越大反而会赋予形式新的冲动？我的青春一直为争取内容而奔忙，却忽略简单可爱的步伐和推进感。田博文和李蓉是两个可爱、阳光、饱含艺术感觉的小姑娘，如今她们两个一个在美国，一个在英国，她们都是学习艺术的，两人之间的感情非常好。

在摄像机的记录下，我有生以来初次把鲜花奉献给了前者。我还像台湾偶像剧中的型男般忧郁地靠在杆子下，时而低头，时而四十五度角仰望苍天，这些在现实生活都是我生活中没有经历过的！而且我肯定也不打算让儿女们经历，作为一个在别的地方可能不负责的未来父亲，我坚信人一生最重要的是情感经历。无论荣辱功名，不疯疯癫癫不顾自我地爱几次恐怕就白活了。我觉得这是我人生的不足，可是到了这个岁数，再看未来，也只有寄希望于未来了。看着小田同学装扮的女友，我心中怅然，她人生和情感的彩票才刚刚刮开一位数，而我基本上只能去兑现纪念奖了。遗憾的是在节目播放时，我能再次回看小田同学的身影只是几个片段了。

南京的台前幕后

从决定报名到去南京算来不到一周，《非诚勿扰》节目组高工作效率让人叹服。如果这个过程为梦境，我以为只有节目播出才算明白一切才算回到现实。这个说法可能有点夸张，但梦境的定义在于每个人的人生态度与生命感悟。我就是这样一个人，易冲动、易激情、不易淡忘。等到3月24日夜晚的节目播出，我仍然觉得自己是在做梦。我即便是上了《新闻联播》也不可能给周围人带来这么大欢乐。

在去南京前，我爸让我做好准备工作，让我从以往节目吸取经验，什么样的话不能说、什么样的傻可以犯等。于是我抱着平板电脑看以前的节目，很快进入了情节。我印象很深的男嘉宾都有相似之处，就是他的某个方面如阅历、情商、反应、性情等完全过人，人是指同台的其他嘉宾。强烈的舞台效果即产生于伟大的理解，更产生于全盘的误解。道理是晦涩的，修辞却是形象的，有时候舞台上发生的一切状况好比“巴神”独自面对球门时候的顾盼流连，他的世界你永远不懂；好比延参法师和猴子之间的和谐，可能分不清到底谁是法师。

我觉得封峰老师就是其中的一员，他的“不要”以及讲述“不要”的方式，还有他的眼神，都运转着绝对独立的世界。这种效果根本无法复制，封峰老师的幽默，是命运的漫画师灵机一动勾勒出的抽象线条。封峰的小眼神，似乎总在提醒大家外面的世界很危险，要随时小心意外伤害。从看了他的节目之后，每当我在超市看到话梅，都充满了矛盾，每当要喝汤时都充满了心理阴影。带走谷慧子的杨凯，我觉得他很有特点，他身上有不少女性信息，我一直认为男人和女人会为对方留下相互塑造的信息。阅读男人，寻找从他身边走过的女人何尝不是一种远距离的乐趣。“香蕉哥”是我后来看到的，对他的印象特深。我因为从小学就很喜欢周润发，喜欢到近些年发哥就剩下了一个传说的外壳。我一直认为生活在底层的人是可爱的，这样会使人真性情流露，但久而久之真挚的东西也会被磨损。后来我加了石仕范的微博，再后来他渐渐地相信自己就是香蕉哥，我就不再看他的微博了。我宁愿在心中留住那个幽默之夜最本原、最生动形象。我欣赏那位实用射击的小伙子，他阳光、有活力、深情，虽然知道女嘉宾不会和他走。英国专场的王海杰，反正就当时情况，我要是杨芳就肯定跟他走了，无论结局怎么样下去再说吧。杨芳的拒绝也是一种美，女人在动摇和波动后的冷静，值得珍视。爱情世界里的牛顿，有时不一定希望苹果落下，将要的感觉恰到好处。那个从电梯里打着滚出来，有着锋利人生标注的“ABC”，在无懈可击的成功数据之下，会有怎样的超级缺口？令人回味。

我自己从来都不是特招疯狂喜欢的男人，也从没有玩儿命般的感情纠葛经历。我是多么羡慕那些刀架在动脉上、站在高楼边回眸、举毒药杯于唇边的极致感情啊！我曾经深度羡慕那些爱到自杀未遂的人们。一个作家，什么时候行动力能大于想象力啊！什么时候命运用我做笔，写作集体的生活和爱恨情仇？我讨厌政治，但无法远离。我不够坚忍也不够狠，所以从来没有人爱得死去活来没我就不能活。也不知道那是一种怎样的感情，反正我肯定是心狠不起来了，我的想象力会预先出现极端的场景，然后我被幻觉所感动，瞬间就软下来。时间久了，和我交往的女孩儿就习惯了。直到最后，我把磨好了的刀交到别人手中，宰不宰和愿不愿下刀就是你的事情了。反正人为刀举久了，我相信鱼肉也会坚强，这就是骨子里的儒家思想，小到浸润个人灵魂，大到累及家国历史。我的感情就是“法外儒内”的灵魂史……

一旦站在《非诚勿扰》的舞台上，你都不是你自己，所有问题和细节都会被放大。平时不经心的话可能会变得很犀利、刺耳，哪怕你讲的是真的。例如在台上表示身边不缺女人既犯忌又犯傻。可这是很多男嘉宾的事实，也是好多女嘉宾的渴望。我的准备工作就是反复看节目，可是我只接受我喜欢的那些男嘉宾。我的准备工作只剩下回忆，好好想想这几年在感情上都干了什么。因为事业是另外一条线索。

我看得出来，母亲不舍得我离开家一步。我从小是这样，母亲绝症缠身可能更是如此。但人生镜头的瞬间过度曝光，会有怎样的影像呈现？可能会在无望中带给她希望。母亲不断嘱咐我出门要注意安全，不要乱跑等重复了无数年的旧话。现在想来既温情又无奈，终究是在生命的尽头少见了几天时间。从北京到南京新建了高铁，基本上在北京泰达时代广场报名的男嘉宾都会乘坐高铁前往南京，车票节目组全程报销。在这之前甬温线刚刚发生交通事故，很多同学都劝我坐飞机。我表示，高铁不可能连续追尾，此时应该是历史上最安全的时期。

在VCR录制完成当天，目送郭导和摄像去往机场之后，我就不断想象自己出现在舞台上的样子，面对二十四位女嘉宾我该如何微笑，站在孟非身边怎样和黄菡、乐嘉交流，还有就是那么多熟悉我的人会坐在电视机前看王欢呈现的王欢。

桑洁一直嘱咐我真实最重要，你是什么样就什么样，千万不要装，否则会遭雷劈。我的真实或许只在眼神中了，可是她们能够认出并认同吗？我难于呈现，是因为自己的真实写意，我没刻意修饰和塑造自己。可面对灯光和摄像机，怎样才能还原真实？怎样如现实生活中那样自然松弛？我觉得，在大学宿舍202寝室赤裸裸袒露人生感言的我真实，从什刹海公园每一处石椅起身的我真实，目送所有相亲相爱过的人消失于生活的眼神和呼吸真实。

从南京火车站走出，我沐浴在阴天之下，我怀着不安和惊奇的心情寻找着出租车。我知道，一个外地人在异地乘坐出租车都会被绕。如果把现象当成风景，是不会影响到心情的。南京绿色的出租车，疑似油电混合动力，但这世上没有“肉车”只有“肉人”，你怎样上路取决于司机。于是，我的《非诚勿扰》之旅从飞车开始，推背感在司机师傅踩下油门的瞬间出现。一路上除了超越还是超越，逢黄灯必加速，并线从来不打转向灯。高架桥上下，我感受着遥远金陵年代的今朝面貌。栏目组给我们定的住处在离江苏卫视不远处的汉庭快捷酒店，我一路上晕晕乎乎地联系着在南京的同学杜薇、师妹李甜甜、师弟阿迪夫妇、杨一一的灵魂伴侣季然。

我在汉庭酒店下车，天空开始微微落雨，有些寒冷之意。我站在路边，看着这座有历史沉重感的都市，寻找着它与北京城的差距。在办理入住手续之后，我上楼来到自己的房间。前台小妹妹告诉我，你们是两人一间房，也就是说我要和另外的男嘉宾同房。当我小心翼翼地推开房门时，屋里的同伴并没有出现。我只看到一套毛料西装悬在屋中，隐约觉得这可能是位中年男人。我给爸妈打电话报过平安之后，开始打开手机重新寻找住处。我并不是个挑剔的人，但是让我和陌生男人同睡一个房间，结果肯定是瞪眼到天亮。我再次站在那套深蓝色的西服旁边，仔细观察，努力还原它主人的模样。最终我决定了，自己掏钱重新找住处。别说是男人，就是陌生女人再漂亮也不会同住一室，我会不时想起早晨醒来，我泡在浴缸里丢了个别器官的情形。

2002级的师弟阿迪在南京大学艺术系当老师，他在学校不远处经营一家咖啡店，起名：等待戈多。从开业以来，戈多先生一直没有来，倒是中戏各级的兄弟姐妹路过南京都会到他这里坐坐。阿迪比我小两岁，但已结婚了。我将节目组免费提供的汉庭酒店退掉后，拖行李来到阿迪的店。阿迪对我参加大型相亲服务类节目表示出无限的热情，欢呼着说星期六下午定带一票人马到现场助威。他说一直想看熟人上去，但没想到是师哥我。作为戏剧文学系本科毕业，后来读了研究生的师弟，阿迪用他的咖啡调制技艺展现了自己的情商。我赞美了他的作品，是在一口没喝之前，我特别喜欢这种超级VIP的待遇，人情的温暖胜过任何形式。

阿迪给我讲了他在南大艺术系的情况，说原来中戏表演系的师哥在这里当了主任，和我同级的2000导演系郭超一现在也是系主任，小白师妹都不定期地来这里讲课。我思考了半天，特别关心南大的老师和学生结婚的比率有没有中戏高。毕竟我是来参加相亲节目的。阿迪说外界都非议咱们系男老师最终都娶了学生当夫人，经常昨日的师妹就变成今朝的师母。我告诉阿迪，如果再有人对此非议，就告诉他们戏文系的老师最负责了，还有哪个系能做到这么负责，凡是谈了都娶回家！难道负责到底也成了错吗？阿迪瞬间笑红了脸。

我告诉阿迪和我同住的陌生大叔给我带来不安，所以宁可换个酒店。在阿迪夫人帮忙选住处时，江苏电视台工作的李甜甜师妹已经帮我联系好了酒店。华美达怡华是他们的合作酒店，距离江苏卫视不到一公里，她让我去那里住。我把变化告诉给了桑洁，她说没问题，只要第二天早晨能到台里报道就好。其实我有亲戚在南京，我的亲戚高光华是原海军军事学院的院长，曾作为海军专案组成员审理过中国有史以来最严肃的林彪坠机案，但我来南京没有打扰年事已高的他，我喜欢和中戏的同学在一起。阿迪夫妇要闭店请我吃饭，我觉得已经打扰他们半个下午的生意，实在过意不去就推辞了。

于是，我有机缘吃到了平生最销魂的鸭血粉丝汤。

杨一一的灵魂伴侣季然，先带我去了她熟悉的老店，结果到了才发现不仅人去店空就连房子也成了平地。后来，我们辗转到了狮子桥，我觉得那里像北京的王府井小吃街，但很明显南京的这些特色饮食店比北京的厚道，我从视觉和嗅觉上没有感到他们是专宰外地人的。王府井就不同了，他们连本地人都不放过。我出生在那里，幼儿园在那里，看牙在那里，可到了东华门小吃街却有种丢失护照的错觉。我就不评论北京的城市发展了，没什么，挺好的，就这样吧……

寒冷的南方早春，比北方冬天更有气氛，我注视着往来的食客心情豁然。季然同学既当老师又做学生，在晚饭间还饱受论文困扰，这仿佛成了相当纠结的事。我看着汤锅燃起的水汽在排队人的头顶升起，那些充满渴望又不吝惜等待的表情，疯狂燃起我的酒精欲。我开始四处寻找两种带有对抗性品牌的酒：红星和牛栏山基础款。可转了好几家店，宁可卖洋酒也没二锅头。南京的鸭血粉丝汤，我没有什么可以形容的了，我不断地掏出手机拍照，希望永远记住温度、形态、细节和情景，我丝毫不顾及师妹的灵魂伴侣怎么看我。我在想，要是武松在景阳冈干十八碗汤，要是我在明天《非诚勿扰》的舞台上……无数文人贪恋食色，习惯性将其上升为品格和境界，我不然，因为我特别清醒这是自己没有见过世面的表现。

时过境迁，我逼着季然回忆来时的我，他最初以为我是妞，见了面竟觉得是正太，还说我太百变了。至于那顿我难忘的鸭血粉丝汤，她表示南京真没什么其他特色小吃了。吃过之后才又想起南京大排档，可那里面唱的都是苏州评弹，跟南京好像也没什么关系。对于她来讲，是抱着要见一见参加《非诚勿扰》活人的心态，“看看到底是生活在什么样的苦逼环境里交不到女朋友的人才会去做男嘉宾，分析下来你不像是找不着的，倒像是受情伤来寻灵丹的”。我想她在遥远的南京，听完交响乐之后，应该习惯性地点燃支拿倒的烟。

我到了华美达怡华酒店，在十八层高处远望江苏卫视的粉色霓虹，舞台前躁动的安宁从远处袭来。我开始幻想播音室，灯光，孟非和乐嘉头顶不同的反光。我脱光了衣服，在屋子里思考明天到底穿什么衣服。在无果后，我又从钱包里取出安眠药，手握水瓶，想用0.25毫克的药力结束异地的一天生活。从小学以来，每逢春游、选班长等大事，我在前夜都会失眠。如今这个传统仍没有改变，我将要面对的是亿万观众，展现并不太成功的青春末期现状，兴奋之情足以将落日凝视为日出。我看着夜色下的南京，脑中放映着从1912年到现在的各种历史片段，各种伟人、叛徒、小说人物、荧屏形象还有书记和我的前女友们翻滚着出现。我赶快打电话给家里，问这是什么情况，我爸说别紧张，台上已经有过两百多位男嘉宾了，她们不能把你怎么样。我挂上电话平静了几分钟，我爸又追打过来说："别忘了你是中戏毕业的，台上的那些姑娘又能怎样？把她们的舞台上光环去掉，还原到生活中，放在你们的教室、排练室、东棉花胡同景秀、南锣鼓巷西域食府……"

周六早晨我八点起床洗澡，像往常一样穿上衣服，乘出租来到0.9公里外的江苏卫视。坐在大楼的咖啡店，开始觉得身边往来的人面熟了。他们也像在寻找什么，我觉得其中肯定有其他男嘉宾。江苏卫视的办公楼很气派，名车展位在小桥流水之上，旁边还有红酒屋。在华丽之后，感觉到浓厚而真实的生活和亲近感。九点三十分左右，挂着胸牌的桑洁出现在眼前，她把我带进小的会议室和其他男嘉宾一起开会。经过挂着各种名人和栏目广告的海报墙壁，我们来到一个屋子，面对落地窗和椭圆型的桌子，像是要开董事会的感觉。

第217期的男嘉宾全都来了，一共六个人。我第一时间认出的是“单身爸爸”张武，因为他在同一时间和我报名。他是传统意义上的浓眉大眼朱时茂风格帅哥，这种长相在我出生和上小学的那个年代特别吃香。在其他人都还拘束时，张武就把会议室当家里一样，他轻松地开玩笑聊天。由于长相年轻，所以张武让大家猜他年龄。我一下就猜对了。张武又让猜儿子的年龄，十六岁虽然有难度，但我还是猜对了。

和桑洁同来的两位编导给大家发纸条，那是牵手失败后栏目给的邮箱及密码。六个男嘉宾都以自己的方式将纸条收好。接下来是自我介绍和互留联系方式时间，好像大家在上台前就先牵手成功了。也好像命运让我成为同一锅焖出的江苏大闸蟹。黄路德长得像《家有仙妻》里的澎恰恰，他的眼睛和嘴都特有喜剧效果。他还没有开口，我就笑了，一种想牵手的冲动油然而生。黄路德在广州，他的职业是驯兽师。所以我有机会就向他打听狮子、老虎、熊的日常起居，并为他职业的安全性担忧。黄路德告诉我，老虎、狮子什么的都特没人性，就是从小养也不能保证不会伤害主人。有二十年资历的驯兽师和狮子同吃同住，仍不免命丧于血口。单身爸爸张武调侃他："拿出驯兽本领何惧台上女嘉宾？"于是黄路德瞬间受到鼓舞，他豪言壮志要驯"兽"，思考二十四位女嘉宾一圈后，张武建议他拿女作家吴瑜下手，因为一段时间里她的言论涉及动物方面很多。我没当回事，知道他肯定不敢。黄路德是老实人，在老家时一直为找媳妇上火头疼，上台面对那么多花枝招展肯定迷失了。

来自加拿大的Jackson酷似巴西球星罗纳尔多，且是"大小罗"特征合体。"爸爸是加拿大人，母亲来自中国台湾。”没考虑政治问题，他是这么介绍自己的。当桑洁问他中文名字时，Jackson在纸上写下：史名贵。忘记其他在场人什么反应，我肯定是全身骨头都在笑。史名贵，叫起来太响亮了！起名字时他实在的“加国"父亲，一定是被哪位壮士给忽悠了。史名贵手提着皮鞋，就是那种特适合欧美人的款，中国男孩儿穿起来特显“基友”的款。史名贵的帅气给了黄驯兽师很大压力，他结巴地用广普话感叹：“老兄这么帅啦，肯定很好牵手啦！”黄驯兽师，又看看张武腼腆地叹气：“你们条件都这么好！我都紧张死了！”最后黄路德拍拍我的肩膀，语重心长地鼓励我：“小老弟，你也要加油啦！”我看着他深情的眼光，里面还闪烁着必胜、必胜、必胜的信念。

我终于找到汉庭酒店的毛料西服主人了，来自河北秦皇岛的宁方平此刻正在那套衣服里微笑。他告诉我，觉得屋里有人来过，可是等了一晚上也没回来。我说那人就是我，还问他是不是等到睡不着觉。我表示对他西服、衬衫、领带的仰慕，宁方平顿时撩起裤腿，给我出示了毛裤。他说，羡慕你们穿短袖和衬衫的……我立刻回应，这年头穿毛裤绝对是靠谱的好男人，窥一叶知秋深，宁方平一定是很会过日子的好结婚伴侣。此时，另外一位浅色西装男嘉宾，至今我都没记住他的名字，只知道他是来自景德镇，会做瓷器，按照现在社会风俗可以称他“瓷器哥”。瓷器哥总低头不语，嘴唇微动，仿佛完全进入了舞台状态，他貌合神离地坐在那儿进行着单方面的肢体彩排。

桑洁在播放往期精彩的节目片段，嘱咐大家尽可能发挥真实自我，并介绍以往男嘉宾的成功经验。在我们围观屏幕时，她又逐一让我们签订责任合同。《非诚勿扰》是一档服务类相亲节目，为了避免纠纷和法律问题，都会让嘉宾签署对双方都好的责任书。合同主要是明确嘉宾确实没有结婚，这点在提交身份时都核查了。另外要对节目过程保密，半年之内回避同类相亲节目等等。会议室的事情交代完后，桑洁看表要带我们去现场适应并走台，但这不是排练，每一期的节目都是现场录制而无任何预演。黄路德激动地询问，是不是马上就能见到女嘉宾了。桑洁说不可能，男嘉宾走另外通道进场，只有在录制时才能和女嘉宾见面，之前都是老死不相往来的。我喜欢这种感觉，由于节目播出和录制有整月时间差，所以台上现在站着谁和之前不一样。从电梯下来，面对的是二十四块已经掀起来的盖头……

六位男嘉宾穿过道、走小路、上下楼梯，回避着女嘉宾可能出现的地方。来到黑黢黢的演播室，我们先到台后。孟非和男嘉宾出场的电梯停在空中，类似紧急逃生梯连接着半圆形的升降舱，看上去很没有安全感。我们从台侧走上了《非诚勿扰》的舞台，面对着二十四只话筒后面的空气女嘉宾感慨颇多。

桑洁告诉我们，从电梯下来之后大家要站在孟非旁边，地上还有相应点位不要走过。如果能走到男生权利那一步，也有相应的点位。她让每一个人感受舞台的质感和方向，习惯这里的空气、温度和光线。再过一两个小时，这两边还会坐满观众，气场会更加严肃和紧张，大家要充分习惯。桑洁很负责，只有我一直站在她的身边。剩下的男嘉宾已开始疯狂合影留念了，黄路德几乎每走一步都要拍照，从电梯口到舞台上下，他都充满了无限留恋。在驯兽师眼中，流露出某种信念和实现它的狠劲儿；史名贵紧张着，他的眼睛不停地眨，罗纳尔多式的板儿牙在反射着灯光和气氛；景德镇瓷器哥踌躇满志，他在用一般将来时的憧憬酝酿和规划着舞台表现。

等我顺着台阶爬上电梯，设备摇摇欲坠，我确定这不是紧张造成的，而是电梯老旧。史名贵的反应更强烈，他整人都在发抖。工作人员开动电梯，我们依次体会了从中走出的过程。在空中缓缓下降，想象着从脚开始慢慢地露出全身，就像电力驱动的蜗牛一样。走过玻璃地板，我渐渐地停留在舞台中央。如果在上面表演意拳，还真要小心。就在我发呆时，其他男嘉宾又开始从各个角度照相了，从自拍到不同角度的合影，其造型生动，姿态传情。我遗憾没拿着相机，否则这些花絮肯定为将来岁月添彩。

距离录节目时间越来越近了。编导开始催促我们去化妆，午饭将在化妆间完成，内容不是麦当劳就是肯德基。等我们坐在妆台前，化妆师们便开始重塑大家的造型。由于电视录影的特性，所有人都不能穿细条纹的衣服，专业术语叫“爬格”。我是一个好多年不梳头发的人，男人只要干净就够了。我时常忽略修饰自己，现实中我会因此丢掉不少异性缘。发型师先给大家做头发，各种发胶定型水出现在我的上空，我觉得自己在成为新郎。经过一阵大功率的吹风后，我的脸被怀了孕的化妆师涂上粉底，液体的，凉凉的东西制约了我的笑容。湿粉底之后开始是干粉，我觉得人脸的装饰和室内装饰挺接近的。每个男嘉宾大概化妆二十分钟，女嘉宾可能会更长。她们不仅要遮住皮肤和底色，还要通过化妆改变脸型、打开眼角、塑高鼻梁，化妆师的工作是具有创造性的，在这里她们可能通过劳动彻底改变一个女人的一生。我觉得话说到这儿已经特别不含蓄了。罪过！罪过！

桑洁奇迹般地变出了好几瓶二锅头，红星五十六的！我估计只有我和张武喝过，宁方平只是听说过。来自南方的瓷器哥和驯兽哥应该很陌生，史名贵就更不知道了。桑洁说稍微喝点就OK，放松会在舞台上出效果，但千万不能多喝，以前发生过男嘉宾在录影前喝挂了的情况。大家开始举着绿色酒瓶碰杯，或羞涩或充满期望的撞击，只有驯兽师黄路德有种酒尽上路的绝望感。他喝一口看看瓶子，纠结酒量和状态间的辩证关系。驯兽哥的思想和态度是严肃的，他真切地把这次录影当作了人生伟大的机遇。

师妹李甜甜赶来，由于她也同是江苏电视台的，所以出入相对自由。我在楼里迎接她时看见乐嘉也来化妆，他和孟非都有单独的化妆间。乐嘉的光头在自然光下，平易近人也不是那么凸显了。镜头中丰满的肌肉还原在生活里刚刚好。在师妹到来的同时，一只红泰迪带领主人钻进了化妆间。黄路德要在舞台上表演驯兽，这只小狗要替代狮、虎等猛兽。看来伟大的驯兽师不光要把希望寄托在酒精上，还要祈祷可爱的小狗能够配合。

我问黄路德不是要“驯兽”吴瑜吗？他眨眨眼发呆，其实眨不眨没有太大区别，黄驯兽师已然在濒临录影时刻无力玩笑了。陌生小泰迪在食物的诱惑和黄大师的技艺下，站着、坐下、爬着、打滚……黄大师因此心情舒缓很多。我看着它一口口地吃着黄大师奖励的食物，很担心如果它吃饱了会不听话。毕竟他一生的幸福现在命系于狗粮了。黄路德是真真切切地想牵一个媳妇回家，结婚生娃然后就让人生这样了吧！

桑洁被我们六个人围在中间合影了，等大家散开就要奔赴现场了。如果考虑到将面对亿万观众可能我们都会紧张，可现场也至少还有几百人！对于中国人来说，谈情说爱是私密的事，很多男孩儿面对女孩儿时都羞涩，更何况在如此的现场。这和胆量大小无关，千军万马走过的英雄，万人面前做过报告的好汉，可能都难越女人关。究竟怎样一种体内化学物质，能保证事态往积极方向发展？睿智干练的桑洁是否有把握？这就是《非诚勿扰》的独特魅力之一。

李甜甜以师妹的笑容简单祝福了我。她丝毫不担心师哥会掉链子，也没有祝愿我牵手成功。阿迪打电话告诉现场观众中还有不少中戏同学加油助威，他和夫人已经坐在观众当中了。中戏团结的传统就是如此遍布五湖四海。我目送李甜甜离开，录完节目后她会带我四处转转，这就暗示了肯定牵手不成功的结局。其实大家都这么认为。东棉花胡同的四年大学生活，解风情对一个毕业生是多么重要。无论表演、导演剧作，技术可以随时弥补，但你来我往的人情世故，才是感情修养真正所在。我们很多人都能做到，见面互相看看就能知道行不行。

我们再次回到舞台背后，嘈杂和人声从光亮处蔓延过来。桑洁也戴上耳麦和对讲器，她迅速进入状态了。所有人都紧张，但是内容因人而异。史名贵是一号，我三号，宁方平六号。罗纳尔多式的兔齿和下牙开始碰撞，史名贵对第一个上场显然没有预料到。他开始在黑暗中演练出电梯的问好，面对着黑暗，独自放松着。史名贵在放松失败后，又寻找刚才没有喝完的二锅头。到了这时候，也不去计较是谁喝过的了，他握着酒瓶一饮而尽。这个混血大男孩儿，在上楼梯前跟我们所有人拥抱，“啊朋友再见，啊朋友再见吧……”的歌声四处响起。当“Can you feel”的歌声响起，史名贵一手紧紧抓住电梯旁边的铁栏，一手拍打着胸肌向我们说：“紧张死了，紧张……死了。”

桑洁告诉即将上场的男嘉宾，从第二位开始都比较有利，可以从监视器里决定选心动女生。为了表示对女嘉宾的尊重，男嘉宾上台需要从左到右，再由右向左回望一遍。选心动女生时，有的女嘉宾站久了甚至能从男嘉宾按键判断选的是不是自己，这些都需要注意。

在电梯旁“挂着”的史名贵，只能等待站到孟非身边一个个看过再决定了。黄路德坐在黑暗中，距离监视器不到一尺距离，我觉得他某些时刻牙齿都快咬到女嘉宾了。黄路德还是觉得吴瑜不错，要选她当心动女生，并紧握双拳要挑战高难度；景德镇的瓷器哥不讲心事，他默默注视监视器看啊看；宁方平对自己并不自信，由于他是六号男嘉宾，理论上有可能成为替补。

我也不知道该选谁，坦诚的讲没有喜欢的人，她们站在舞台上都离生活远了。很多女孩儿在舞台上待久了，都快要失去真实感了，我到底选谁。他们建议让我也选吴瑜，噢！天呢！我从小在作家圈子里长大，懂事以来，身边无数长辈、名作家对我极重要的一个人生忠告就是：千万不要和女作家谈恋爱。类似的话在我耳边回响了快二十年。我其实特想告诉黄路德，吴瑜是不可能跟你走的。征服她们需要的不是激情、浪漫和感动，因为这些她们独自面壁都能获得。如果你训的是沙特王宫的兽，哪怕你被兽驯都有可能。我说得多么不含蓄，可这是事实。因为她们现在是镜头下的美丽女作家，不是关在屋子里蜷身电脑前驰骋于精神世界的女作家。吴瑜无疑是聪慧灵秀，富于想象力而又非常现实的。在文学艺术商品化的今天，浪漫和激情是有价值属性的。驯兽师对当今作家的定义不了解，因为门槛放宽了，甚至宽到看不见门框了。如今的作家，可以没有独立著作，可以不出版作品，可以不读书，可以有很多“不具备”，这是人身份上的。换到作品上，可以没有文学性、纪实性、思想性等诸多艺术作品共性，只要你打字出来或者雇人打字印刷出来，花钱找媒体开发布会、一群人吹或者骂都能成名作家。很严肃的事实就是，同等相貌水准的女孩儿围上作家超短裙可以增色不少，色即价值啊！我没有针对吴瑜说这些，更不想被追扣文人相轻的帽子，相轻从来都是同性。

在吴铮真还没有站出定位时，此刻的她只是个内衣外穿的海归形象。当时我还不知道她会戏说很多三国故事，也没有看出她角色化形象雏形。在小小球屏监视器中，她最醒目的还是相仿电影《国产凌凌漆》中外穿的内衣；雷庆瑶我肯定选不了，桑洁说她是东方维纳斯，我觉得自己不是东方雕塑师；邢星和谢羽亿也无法选，原因大家都懂；还有好几个大我很多岁的，还有国际友人都不可能。放眼望去，我看到闪亮的是二十四盏不可能的灯光，但这是程序，我还得走。

按照我接近的风格，我选了最不可能留灯的三号心动女生。是因为在大家眼中，这和我的形象还算接近。如此的选择很接近生活，但却不是生活。她和我同岁，是在日本打拼回国的东北女孩儿。我生活中有过几个类似经历的女孩儿，所以很清楚她们被历练出什么，需要什么。如果有女人跟我抬杠，我表示沉默。如果有男人异议，可以亲身去尝试，找一个从日本回来，混出模样，漂亮的，且能把东北口音改得听不出的交往。哪怕是成功人士，他也可能很轻松被站在“巨人”肩膀。凡事无绝对，我不可能说中所有现象，这些判断仅忠实于我的生活局限。

史名贵大侠就在我们纠结该选谁当心动女生时，开始了戏剧化一幕。孟非说节目开播两年，他是第二个犯了同样错误的人。史名贵选了陈婷当心动女生，却在反选环节把灯按灭。当时他解释说，以为把谁按灭就可以带走。我觉得开关虽然是罗纳尔多先生按下的，可驱动他的是体内运转的五十六度红星二锅头。史名贵对着黑暗干掉的那一小瓶酒，终于在舞台上让乙醇的灵魂附体了。我挺喜欢他，这个大男孩儿甚至比台上的灯光还透亮。黄路德是真的担心他，觉得奶茶店老板陈婷会因此生气而拒绝他，驯兽师就要摩拳擦掌了。我认为陈婷肯定不会，她怎么可能因为这么点小事放弃一个全新生活的契机呢？驯兽师眨眼，“杰森，真的很帅！”声音充满了羡慕。

黄路德在我之前一位上场，他准备了好多毛绒玩具当礼物。当他站在孟非身边时，我觉得那些可爱的小老虎将他整个人都遮挡了。黄路德站在舞台中，也立在生活之上。驯兽师的眼神划过二十四位女嘉宾，不知道映入了怎样的信息。女孩儿们对他的职业非常感兴趣，不停地提问，黄路德像讲解员一样认真答复。舞台上的时间在流逝，我没有看到任何爱情的萌动，这其实和我后来在舞台上相似，我们都在解答各种专业问题了。对于驯兽师先生，正好赶上了当时熊胆事件成为热点，黄路德的社会正义感激荡出了男人气。其实这样一个男人挺好，你要过日子，去寻找一个踏实的后半生是个不错选择。

为了进一步展现自己的特长，驯兽师要表演他的专业技能了。很多女孩儿喜欢一个男人都和他的职业有关，抛开职业本身的各种属性，伴随而来的职业气质也是巨大吸引点。黄路德是驯狮子、老虎、熊的，放在古希腊是个不错的职业，还经常能和贵族接触……说的原来。舞台上摇摆走上了化妆间里的小泰迪，驯兽师刚才经营的好感瞬间被小狗取代了，片甲不留。小泰迪对陌生世界是好奇的，惊喜和恐惧相伴，使它忘却此行的使命。它此刻代言了猛兽，且身后的男人也已将命运深度寄托了。黄路德牵着小狗，让它坐下，却依然站立；让它躺下，小狗散步；让它打滚，泰迪凝视着驯兽师，似乎在问“你到底要干什么？”黄路德偷偷摸出狗粮，小狗已然吃饱。它萌动着眼神，回应驯兽师的迷惘、焦虑和敢怒不敢言。黄路德的汗肯定是留下来了，虽然监视器看不到这些细节，但他的鼻孔开始放大，绝望的神情悄然浮现。驯兽师如果连小狗都不能驯服，那职业性将大大受到质疑。小泰迪要是明白这对驯兽师多么重要，我想它会开口讲广东话吧。

我在录节目时是第三位上场，所以即将上场之时，心跳中流淌着往昔爱的记忆，流淌着一幕幕如烟往事……

我的三段恋情

作家谈感情经历，容易把女主角过度美化，容易把情感极端化。每个作家都渴望风流，或实现或压抑，他们内心和世界常无边境。《非诚勿扰》的VCR涉及情感经历，让我挺为难，在那些疑似恋爱的故事里，我总结出了三段明确的恋情，她们承认了我。很多时候，我们自作多情，仿佛梦里不知身是客。有一些只能算作经历的人和事，该如何贴上恋情的标签？有两个女孩儿在和我结束恋爱关系后，半年和八个月就开始了婚姻生活，找到了情感的归宿。看似失败的结束，留给了双方的却是成功的结果，只是我得到的是相对虚无的情感财富经历。

从十八岁到三十岁，我只有六个月的彻底单身时段，给自己风流找到的借口是遗传和对世界缺少安全感。很多人都让个性为入世切入点，而我则通过恋爱和文学。这些年我对自己说，男人和女人始终相互束制，谁都不亏欠谁，有的男人天生招人喜欢，有的则是被另一半塑造的。我和她们接触，有时能清晰感觉到那些信息。同样，女人的味道也是男人和岁月的馈赠，那些伤害可能带来致命的魅力，关键看个人的吸收功能。丰富的人都是美的。这些我都没来得及在舞台上讲清楚，还是谈了些大家愿意接受和觉得有道理的。

在录制节目时，我说："有天遇到喜欢的人，之前的标准都不那么重要了。"因为命运就喜欢跟较劲儿的人开玩笑。你坚决不要的可能就是即将无法割舍的……在《非诚勿扰》的舞台上，很多男嘉宾谈标准其实是一种叙事方式，遭到不解风情的攻击和嘲弄。他们其实很委屈，他们不这么说还能说什么?在这个舞台上，贫穷的艺术家、画家和诗人不受欢迎，如果吟诗最好有阿拉伯王储的血统；如果搞艺术，最好将财富踩在脚下。藐视别人渴望拥有的，前提是你得已拥有很多，穿草鞋走黄金路是低调的前提。提要求和标准最好在心里，舞台和生活有差距，所以我才说了那样的话。其实，我很知道自己喜欢什么样的女孩儿，在台上讲出别说二十四盏灯一百盏也都灭光了。回顾我的感情经历，我一直寻找身体和精神完美契合的异性。从我上小学开始，就逐渐形成自己对异性的审美，这些年不断丰富、不断强化。

我愿意提及的第一段失败感情经历，涵盖了青春时期对女孩儿的自我唯美向往。我热爱美腿，不光是大家所讲的大长腿，直、细，腿美的线条中有语言、有信息。曾经一度我疯狂迷恋芭蕾舞演员，于是我找到了学芭蕾舞的女孩儿。当后来女朋友谈及我前段感情经历时，她们习惯称她“小芭蕾”。我认识她时，小芭蕾十六岁，已经学舞蹈十一年。我们正式恋爱时她十七岁，考入北京舞蹈学院芭蕾舞系。学生时代的爱情，我们毫无保留，只享受爱情进行时而忽略一切外界因素。在众多舞蹈中，我明确表示了对芭蕾舞的热爱，甚至比她还痴迷。我总说小芭蕾，你一点都不热爱自己的专业，都不在乎。她是不能理解的，她知道“开绷直”，习惯用下巴和鼻尖特有的角度俯视生活，却不明白如此的美可以亲近神明。

后来我们因为家庭因素分开了，主要责任在我，当时不知道如何协调女朋友和家里的和睦。母亲十年前抱有传统的婚姻观念，她希望我能找同城的女朋友，以免每逢佳节亲情短暂分离，在小芭蕾问题上她只念叨并没反对。父亲认为儿子用青春激情审美衡量几十年婚姻生活有偏差，他同时对小芭蕾没有家庭观念和倔强的脾气不满意，对她从小远离父母疏于基本人情世故感到失望。我后来明白，虽然我爸是父亲，但他一直孩子气到如今，不然怎么会和小芭蕾展开争夺我的战争。到了后来，我变成父亲和小芭蕾争夺的阵地，我错误地在父亲面前疯狂禁止评论小芭蕾，也在她面前激烈维护我爸。等到事情无法挽回时，小芭蕾哭诉，说她这么小什么也不懂，要能早些告诉她就不会这样了。我也很无奈，确实忽略了家庭因素。我和父亲争执最激烈时，曾一拳打穿玻璃划出骨头。当时是非典时期，我们连夜去了医院。午夜的积水潭多么残酷，抛开“瘟疫”的特殊笼罩，还有各种白单子下血肉模糊的游动病车。我缝伤口，父母亲在外面等候，一个矛盾、悔恨、愤怒；一个默默心疼、无奈。小芭蕾全然不觉地睡在学校宿舍。我走出手术室，父亲愤怒的表情下完全是疼痛的内心，我在想这不是青春所无法逃的单。就在那时，我注意到了温暖的画面，一个出家人和中年少妇相互依偎地输液，至今这一幕都是我情感世界里最励志的画面。

经常听过来人的劝解，谈恋爱和结婚是两件事……后面省略无数大家都知道的话。听从家里的安排，疑似包办的婚姻也有不少幸福的案例。可我是个极端的人，后来对我爸说，就是给我找个母猩猩也能过得特别幸福，只要您喜欢没有什么不行的。父亲依然很愤怒，但是克制了，毕竟我暂时只有一只手可以用了。小芭蕾知道我受伤，不顾一切地冲来见我，她不知道我是为了什么才打出骨头。小芭蕾固执地认为，她爱的是我，不需要家庭接纳，所以仍然和我爸妈没话说。等我手好点，舞蹈学院因为非典封校，我们很难见面。父亲看出我的思念，决定帮我们见面，我才有机会翻越舞蹈学院的院墙，给小芭蕾一个惊喜。很难想象，他时而限制我们往来，时而又能眼看着儿子爬上三米多高的护栏去见她。我可能只有当了父亲才能体会那些心情各种。

在父亲的眼中，我和小芭蕾过着简单而快乐，且不思进取的恋爱生活。他总有错觉，觉得儿子一辈子这样下去完了，他已然希望我动荡甚至经受爱情的摧残。我和小芭蕾恋爱的几年时间里，很神奇地没有吵过架，完全没有爆发父亲之前认为，文化和精神世界不能沟通的矛盾，虽然我爸一直拿小芭蕾说“1946年建国”的事噎我。可她从生活中汲取的掌控男人和生活能力，却比我接触的很多高文化高修养的女孩儿强。总之，无论我还是后来她的老公，都感觉生活变得很轻松、很简单。

我和小芭蕾在一起时，两人从长相上都像未成年人，无忧时光经常干些孩子事。我会在大街上发现有形似舞蹈气质的女孩儿，和她分析、讨论她们究竟是什么舞蹈专业，芭蕾、民族、古典、国标舞，还是仅仅学表演女孩儿接受的形体训练？她不吃醋，不像后来的女朋友，我一看就会被恐吓挖眼睛什么的。有次在西单，我们两个跟着一个女孩儿走了快两公里，激烈讨论她的打扮、发型、额头、嘴角、下巴、小腿大腿肌肉……最终分析结果上小芭蕾和我存在巨大争议。她是豪爽的白羊座姑娘，因我羞涩才冲过去叫住陌生女孩儿，气吁吁地说："你不是学舞蹈的，是学戏曲的对不对？"我羞愧地败下阵来，怎么也没想到她竟是学戏的。

后来小芭蕾在天桥剧场演出，我坐在第一排正中央，可无论我离舞台多么近，她都不会看到我的。为能让她感受我的存在，那些不该鼓掌和叫好的时刻我却带头引发骚动。能够看自己女朋友在舞台和灯光下演出，有种很满足的虚荣感。我既没跑车也没挥金如土地折腾……世上总传言，包养艺术院校女生的疯狂谬误，我无法否认个别人存在。但我可以呈现那些年真实的现状，舞蹈学院芭蕾系女孩儿（正规军）近半数在大学毕业时都没谈过恋爱。早年石康写小说，迎合社会传言对北舞的错误幻觉，其真实情况比很多综合类大学还素净。芭蕾舞的训练，从精神到身体上都是束缚性的，在这种体系下成长的女孩儿多数正直、积极、阳光，也简单许多。就世俗意义而言人们宁愿相信，那些包养与被包养现象的普遍性。

小芭蕾和我最终没走到一起，我被长辈们婚姻和恋爱完全不是一回事、年轻人的错误、适合结婚的女孩儿应该贤惠和家庭融洽等听起来无力辩驳的理论打败了。到后来，我们开始说好彼此寻找未来感情归宿。那个阶段挺折磨人的，她还让我帮着参考，一是她对我的信赖，二是对我不坚持的一种怨恨。我理解并接受，毕竟，她那时青春和爱情的所有内容都是我构建的。

我并不认可父亲对我和小芭蕾纯粹拿爱情当燃油，消耗燃烧青春的定义。我们两个像投入游戏的孩子般不问世事，但也为现实生活做过谋划，现在想来只是声势小罢了。我是个除写作外，其他事行动力差，可脑子还算清醒的人。我虽然没有生意思维，但灵感有时很到位。我不喜欢做生意，觉得人一旦从商会以利益为目的，会变得不可爱。小芭蕾是考虑不到这些的，她的脑子里只有舞台和老师两条路。在面临毕业选择时，我们像草庐中的刘备和诸葛亮一样谋划毕业。我劝她不往演员方向发展，极力建议她走教学道路。在她毕业时，曾为15元一节的代课费兴奋得整夜都睡不着，而没有失衡于另外被老师所得的85元。小芭蕾逆商高，有天然的抗压能力，她从没把独自在北京立足当回事儿，面对这个不太公平的社会无丝毫不平衡心。我认为她在教学上的天赋高过舞台很多，一米六五的身高和平凡肌肉素质很难在院团找到好位置。在上学时，我还指点她舞台表现力。我告诉她不要独自舞蹈，比如手停在空中时，不仅要蕴含情感和热情，还要和空气、灯光、观众做辉映；要不断放大自己，用身体触摸更多未知空间。当我们在紫竹院公园的山顶，我说你的手至少碰倒北舞的教学楼，本周的胸怀要吞吐余下的海淀区，每一寸皮肤都要感受阳光和树木，要有爱的互动，就像抚摸两公里外的欢哥。小芭蕾欢笑接受，随即飞起爱情语言，脚朝我踢过来……

起初小芭蕾认为我不懂，但经过修正后得到了系主任的认可，她果断提升了对我的信任和依赖值。所以在后来扩大教学规模时，她对我的想法完全履行。我眼看着她从15元的一节的课，到排满一周60元的，后来从舞蹈学院到更多地方教课。从成人到明星子女的私教课，她不计较得失，大课当中很多孩子的家长都愿意请她做家教。她教过姜文漂亮的小女儿姜一郎、孙楠可爱的闺女、申军谊的女儿申奥等，还有二十多个国家的不同年龄小孩儿。那个时期我在写作《爱曾如海 浪也白头》，还沉迷在学院气的创作风格中。

失败的感情，换来成功的生活历练。她有时会停下来问我，现在生活好了，还能不能改变你父亲的看法？我们还能不能结婚？婚姻是下一个台阶，如果我们踩空将尽失所爱。我告诉她还是不能，当时在劲松的某家餐厅，小芭蕾短暂的泪眼望向窗外。她觉得爱情就应该简单，没什么必要拿到话题上讲。

我和小芭蕾各自的占有欲表现在不同面，她把伤感化作了对新生活的渴望，并稳、准、狠地去把握和实现。而我却在留恋、迷惘、抵制新感情中将两人的感情渐渐消耗。小芭蕾是黑白分明的人，而我可以接受没白天没黑夜的爱情。多年来和父母做斗争的后遗症集中爆发，我觉得累，想投身一段了结恋爱直入婚姻的狂热中，我也很想满足父母的恋爱观，找一个家里特别喜欢的女朋友。我的第二段恋情要出现了，它就隐藏在背叛中。无论我有多么无奈和动听的理由，其性质都是出轨，我对此罪名供认不讳。到后来我们就要分开时，小芭蕾给我讲，在她刚来北京上学时同寝室的人欺负她，让她跪在宿舍地上。我问还能找到么？真实的杀心四起，管他男女老幼。然而伤害终究随时间淡化，她回忆起来比我释然多了。

我和小芭蕾的爱情在2007年破裂，终结我们的是2005年相识的人。我朋友戏称她作“小舅妈”。在驾校4183号车的最后一天，我和小舅妈相识。按照电影语言，相识的眼神即预示着出轨，只是前戏持续了两年。在班车上，父亲也见到她：乖巧智慧的漂亮女孩很沉稳地坐在那，心性淡定而善良，水汪汪目光清澈。她低头暗自拒绝想搭讪的驾校学员。我爸趴在后面不停地说："看到了吗？这是可以当老婆的。你看到了吗？我就是想你找这样的女朋友。我说话你听见了吗？"之后的两年时光里我们只偶尔联系，到了该发生变化时，瞬间动摇改变一切。

随着小芭蕾慢慢长大和事业稳定，她渴求婚姻作感情归宿。小芭蕾脚踏实地生活，按部就班完成人生规划，在她爸妈帮助下很冷静地面对难于割舍的感情。我的不成熟和责任感缺失让隐隐危机扩大，加上父亲态度坚决，都为背叛制造了条件。

2007年7月2日，我在早晨接到小舅妈短信，她在6点25分说自己好孤单，能不能做她男朋友。我沉睡三小时后答应了她。第二天，我们见面。第四天，她对我说从国外上学回来就结婚，想生好多孩子，那眼神可以让地球停止转动。我从来没经历过这么迅猛的海誓山盟，江湖退隐、金盆洗手、解甲归田的画面激荡着内心。男人也禁不住信誓旦旦，更何况是美丽和温柔的痴情释放。在加勒比海盗杰克船长注视下，幽灵船驶入了我的内心，愧疚和无悔的浪花洒满身心。我没得到任何喘息，已被小舅妈带到她全家人面前，分批见了所有亲戚。这是个关系融洽、守旧的传统北京家庭，他们热情地欢迎和接纳我。恍然间，我仿佛被抛至婚姻殿堂下。这正是母亲和父亲最期望的，他们的笑容坚定了我背弃小芭蕾的决定。负心人无论有怎样的理由，都是冠冕堂皇的说辞，我的报应在后面。

小舅妈和我相互传递着双方家庭的认可，她家庭条件优越，人也很优秀，擅长各种高难度的厨艺，对做家务有着近乎信仰般的痴迷，每一言一行都是家长眼中最贤淑的经典形象。我之前无法想象，曾经美貌的市重点三好学生大队长，无数综合大学痴情男生锲而不舍追逐的女神，能扛起三十斤一筐的橘子冲到我爸妈面前……没多久她就自己改口，凡是在外面看到好吃好玩的，都表示要给“咱爸，咱妈”。一时间，我妈被从儿子身上都没得到的爱感染，那种从母亲身上折射的说服力强得我无法形容。小舅妈没过多久又带着我去看未来结婚用的房子，穿过小桥流水，指点着明星们的邻居居所，“和父母不能太远，最合适是一碗汤的距离” 。我们来来回回走过这段距离。如果它真的继而存在，那我也不会出现在《非诚勿扰》的舞台。

我以前从来不相信什么好几十人追一个女孩儿，全年级都在看某个姑娘，毕竟我是中央戏剧学院毕业的。小舅妈在疯狂示爱的同时，负面的因素突然出现、蔓延。我们的电话都是禁区，她的手机会被陌生人打爆，各种号码，从高中到大学的追求者轮番轰炸。有个在德国的偏执狂，每次都打到手机没电。起初我要面子，蔑视一切，拿出“执政党”的宽宏和大度，后来我想到和小芭蕾时期的安宁，觉得特别不舒服。我开始忍，可忍不了多久就要爆炸，她的纵容和无视让我烦并痛苦着。于是，我对小芭蕾的思念排山倒海地袭来，可我脑子里像念佛经一样重复着父母对这段婚恋的认可，最大限度调度着忍耐。

小舅妈终于暴露了她的秘密，原来也刚从父母不认可的爱情中抽身出来，把一腔热血之爱抛洒在我身上。

我也很坦荡，讲了关于小芭蕾的一切，还有对前女友的同情与爱。于是，我们开始长时间无法化解地吃醋型吵架，她不仅疯狂攻击小芭蕾的一切：从出身、穿衣服、品味、长相、厨艺、文化以及前景，甚至连她后来的老公也不放过。两人开始用博客秀恩爱、秀幸福。小芭蕾虽然后来事业有成，可怎么也不是小舅妈的对手。我看着心里特别不是滋味，心里怨恨小舅妈。就在这时，我猛然察觉小舅妈也是对前男友的余情未了。于是我开始攻击那个因为赌博四处骗钱，大她很多岁的玉先生，小舅妈一边反攻我藏于心底的伤痛，一边吸毒般陷入前男友的各种索爱、圈钱的伎俩中。我特别不平衡，一方面在父母面前忍着什么都没法声张，一方面按捺怀念已经结婚的小芭蕾。真不知道，半年的时光她是怎么重建感情到婚姻稳定的。我倒是见过小芭蕾的老公，还握过手，他比我高太多，以至于像两个星球人的对话。很难想象，我上午在西郊宾馆聆听完中宣部部长刘云山的报告，下午就爬上三楼的防护栏只为再看小芭蕾一眼……

我很恼怒，心想，听从父母我放弃真爱，和你谈一场以结婚为终极的恋爱，你居然还这样。小舅妈也失控，她一方面哭求我不要再想念小芭蕾，一方面又暗地联系前男友，并被其以吃饭为借口骗去赌资。在双方父母面前，我们却表现得和谐与温蔼，中国几乎所有的传统节日我都如上宾般被请到家里，经常几十人一起吃饭。可我经常大脑一片空白，惦记着远处的小芭蕾，烦忧小舅妈不敢打开的手机。为什么一切都看上去、说起来无限完美的感情却不幸福？以前和小芭蕾什么也不需要，两人对坐而笑就获简单幸福。现在拼命挖掘、索取、平息，也只在叹息残留意识上的幸福。唯一让人欣慰的是小舅妈的出现让我身边好多人羡慕甚至嫉妒，可别人眼中的价值和快乐，我怎么也上不了身。上至国家部级领导，下到地安门地瓜坊卖白薯的老板娘，三十六个人讲我们有夫妻相……或许我们都在期待，不远将来开始的婚姻，几十年相依为命的生命之旅，碾压现在这点矛盾很简单。“合适的人”会被岁月证明为真理，过来人的预言无限接近真理。为了信念，我和小舅妈推翻一个世界，为重建另一世界而前行。这是场幸福概念先行的爱情，在当今社会最为流行的婚恋契约。

2008年小舅妈远赴国外完成学业，我们约定回来就结婚，她临走时说："这是次要么零分，要么满分的考试。"我有种预感，肯定能闯过来，也有种飘忽的宿命感，一年的分离可能拆不散我们，或许回来时一切又都改变。如今回忆起那时的语言，究竟是怎样的声音占了主导，我看到如今的婚姻更多成为物质的结盟，或以此为渴望，但这样的理念对情感上要求奢侈的人来说或许只为灾难增加砝码。在《非诚勿扰》的舞台上，我没有资本教育别人，也回避争执，我知道那天在场的女嘉宾是摸不到我身上力点的。小舅妈在国外上学也不踏实，她没多久就飞回国，以前从来不接触奢侈品的我开始帮她清点整箱的饰物，她使我相信这是青春女孩儿生命中不可缺少的装点。当她不厌其烦地将它们贴在网上并给小芭蕾留言时，我的心里极度不舒服。为了颠覆我对小芭蕾的忠贞形象，她还雇人作陌生男人约小芭蕾见面。我哭笑不得，感动于小舅妈爱的出发点，痛在对面咫尺天涯的放逐。后来小芭蕾关闭博客，她不是斗败，而是在婚姻中找到生活主线。小舅妈瞬间若有所失，可她仍然一如既往对我好，那种关心、照顾、呵护甚至超越了我对形式的认知。如果我说不幸福，肯定会有人说太装了。

我突然开始了两个月的每晚落泪，只要关上灯躺在枕头上，就会盯着屋顶偷偷哭，真希望那是幸福的泪。2008年年底，母亲查出宫颈癌。当时一切都很好，以为“1B1”的早期没有任何危险。在近五个小时手术的当天，小舅妈陪我往返在北京最著名的协和医院。她眼里始终含着泪水，疼痛超过了我。我和父亲等待朱兰教授从手术室走出，她属于协和医院中生代，时任协和医院妇科副主任，她外表有着江南女人特有的清丽秀美，而一旦工作起来一言一行都焕发出简约、干练的阳刚之气，她四十多岁就成为博士生导师，以医德医术闻名于国际妇科医学界，后来得知，她是中华医学会妇产科分会盆底学组副组长兼秘书，国家自然科学基金评审专家，她主编过《女性盆底学》等十余部著作。曾获得过国内外各种著名医学奖项。当她履行手术医责，用托盘捧着从母亲身体切下的被癌细胞侵蚀的器官面示家属时，父亲叫住我，让我好好看清楚，是这些血肉器官孕育了我，带我来到这个世界上，并叮嘱我一定要孝顺母亲，报答她对我艰辛的付出。站在身旁的小舅妈早已承受不了，我的情感天平又意外倾斜了，角度无法察觉。从母亲能吃饭起，她每天用去几个小时做汤熬粥然后送到医院。我倚靠在病房墙上，享受母亲溢于言表的幸福。我爸在这时犀利地看我，仿佛在印证当年驾校班车上的预言，以及对小芭蕾的判断。我悄悄地低下头，不愿意看他们任何一人。

2009年春天，我在母亲二十九次放疗即将结束时离开北京，远赴欧洲与小舅妈重聚爱的风云。在此之前，我们主观上热烈恋爱，甚至睡觉时都相互开着摄像头，将形式做到极致。为了青春之爱终考不得零分，两人都特别执着于感情。小舅妈认为如果不是上学，自己再没机会出去玩，她是整个家族的内务大臣，平日生活就是照顾各家庭。我不舍得母亲，当时很不情愿。可母亲劝我，说在当下找到如此女孩儿不容易，她病情已经稳定，早就看出小舅妈一直渴望同我去旅行。这是培养感情最好的方式，同时也知道两人是否真合适在一起。

我独自坐在飞往英国的飞机上，九小时航班可以让人深陷回忆。想到这么长时间我和小舅妈从未平息的“战斗”：从扫清身边干扰，更换电话，到各自心里慢慢剔除前任阴影。我们似乎从来没轻松过。

穿越西伯利亚的雪山，去伦敦的旅程就是穿越俄罗斯大陆的旅程，自然条件赋予了这个民族特别的精神，他们的祖先从对抗自然中积累了对抗人类逆境的宝贵经验。和俯瞰芬兰、丹麦、荷兰的感觉完全不一样，俄罗斯不仅是个云层遮不住的国家，还曾拥有过乌兰诺娃这位光照世界艺术史册的伟大的芭蕾舞演员。也许我在那时不该向芭蕾舞过渡，可是云端之下那些舞蹈的身影正昂首亲近神明。于是，我想到小芭蕾每天奔忙于北京各处，公交、地铁，辗转数十公里在教课路上，心中无限酸楚。想到小舅妈在她面前展示的优越感，心里无限烦乱，她已经胜利了为什么还要对完全和自己不相干的“情敌”带着如此之强的攻击性？

在进入英国上空前开始下降，我眼中的伦敦在盘旋中清晰，泰晤士、伦敦飘摇着靠近，我仿佛坐在折纸飞机上。我知道她就在下面等我，无论这座城市多么美，核心始终是人的期盼。我的偏执使我对身外之物相当淡漠，如果不是因为爱情，我怎能不顾一切远行欧洲？在希思罗机场，我见到的第一个华人是孙继海，由于前天得知朝鲜队位列十强赛小组第一，使我羞于和中国足球相近。

我就是这样，抱着一腔热血在欧洲和小舅妈力图升华爱情。有生以来，我第一次脱离母语环境。在短时间内，表情对于不爱英语的作家来说还算新鲜，可时间久了也不再稀奇。这些年来，无论现实还是《非诚勿扰》的婚恋世界，无数男女把移民当作人生的一大理想。年轻人对现实的不安，几乎形成了可怕的思潮。可对我这个无限热爱文学创作的人，母语环境才是至高无上的。

在英国的日子，我被无限关爱照顾，我仿佛回到了童年。每天太阳升起，我需要思考的就是该如何选择幸福内容。小舅妈用爱情的重情和温情呵护，时刻让我在异国的赛场上失忆般被击倒。我渐渐忘记民族大学后面那些动人的饭馆，忘记从平安大街和北三环换车去舞蹈学院的路，甚至那个饱含背叛色彩的夏天每场冲刷灵魂的大雨。我有时独自望向窗外，看着黑黑白白的异国面孔怅然，如此的生活真会一直持续下去了吗?

往北京打电话，得到两个消息。我最好的朋友园哥，曾因嗜赌成性无限逼近生活下限，如今他已然像初恋般迷恋博彩，在我离开的日子里他放弃去山东养鸡，也不卖猪，而是去做保险维持赌球了；最帅的迪哥，在后来日子我曾无数次说服去报名《非诚勿扰》都未遂的迪哥，又单身开着一万五买来的已使用十四年的捷达驶上幸福之路，骄傲地过起有车族生活。时光倒流好多年，迪哥穿着1250元的天价运动鞋，运球直冲篮下——回冲三分线外——在女生们的尖叫中狂奔运球出界。想起他高中时的愣劲儿，真是神往。如今我们的生活，悄然改变很多朋友的性格，社会醇厚的压力，升华了自卑情怀，昔日迪哥潇洒地千金置鞋，到今天为两毛钱和电话卡批发商激烈辩论十分钟，不能不说一个人的命运折射了社会脸色。时光再度跳跃至几年后，为人仗义、年收入七位数的迪哥，租着园哥多手富康脚踏实地地生活。两次的失败爱情，遭受人情冷暖和女人的伤害，迪哥最感谢在人生低谷抛弃、损害、重伤他的女人们，正是伤心、悲愤让他无奈地走上了事业的成功。

在英国前十余天，我始终在旅游，呼吸伦敦地铁的节奏，探求不同肤色人脸上的轻松与沉重，感受城市渲染给人的心境，这一切超过了对景点的向往，那一刻海的灰色和蓝色同样绚丽。在我和小舅妈之间，谈论最多就是“今天吃什么？去哪儿玩？”可我的心里有声音在说，王欢同学你现在到底在做什么？如果我现在说不太幸福，肯定有人说我装，恐怕最好的朋友更会误解我在炫耀。可是我心里总是莫名地烦躁，像一座找不到喷发口的火山，正疯狂自我炙烤。渐渐地小舅妈也开始烦躁了，我们三天两头闹点无来由的小摩擦。微小的致病因子，我们都没太当回事。直到今天，我仍然不能解释那是为什么，和小舅妈的爱情没有一个人不看好，家长们更不会把这些小吵小闹当问题。如果我当众讲述而不是用文字娓娓道来，肯定会遭到好多非议。可我当时真不知道，在精神世界上，没有血脉相通的交流会造成那么严重的不适感。在几年前我也不敢断言，我在爱情里的精神要求很高，那些物质生活的温暖和在别人眼中的幸福，可为我带来一时兴奋，但持续时间很短。

我和小舅妈的爱情必须滚动，那个轮子不能停下来，只有一直朝着远处美景前行才不至于翻倒。于是我们从南向北，从布莱顿到伦敦、曼彻斯特、利物浦、约克、格拉斯哥反复穿越旅行。在湖区的航船上寻找命运的暗示，在冷风中的依靠里，我恍若站到多年后，审视眼前有什么理由说这不是爱情？在苏格兰高地，蓝天无限逼近呼吸，我拉着小舅妈感慨，过去一年多时光里大家经历怎样的困境才见到爱的小镇。不真实的幸福感和安逸，消磨作家的意志。

小舅妈在看不到内容的学业中消耗时光，我也在吃什么和去哪儿的哲学思考中变得麻木。我想写小说，但安静不下来。传说的英国下午茶，经常是我在欣赏绿草和太阳相互作用的光影空间中度过。在欧洲的闲散时光，让我想起十多年前离开北京的文文姐。于是，我和小舅妈决定去瑞士找她，希望从又一次旅行中寻找幸福。文文姐从十三岁离开北京，在试图融入、剥离、再融入、重新找到自我之后，已经真正习惯了瑞士的生活。我只言片语的概括，不能尽述一个女孩儿青春时期的所有动荡与颠簸。总之她现在的爱情和生活，可以作为光芒，点亮不少人的幻想。于是，背离日落飞行约一个小时，飞机穿越法国到了瑞士上空。比起英国的出关手续，瑞士简单得多，海关警察只问我们句是不是蜜月就放行了。我们脸上真洋溢着如此和谐的爱情？反正大家都这么说，梦和现实早就混淆。

苏黎世机场相当冷清，像北京入夜的地铁站。在和漂亮的瑞士空姐搭讪后，我们同乘一趟火车。和空姐对面而坐，我只能用国际通用语“Haha” 、“Hehe” 及眨巴眼传递信息。经她指引，我们成功和文文姐相遇，然后我就吃到了放心的生牛肉，血红色相当性感。饭间我们谈到了瑞士红灯区，比起阿姆斯特丹，苏黎世的红灯区不是用来参观的——惊叹号。饭后参观了文文姐家的酒窖，温度控制得和孵化箱一样，保存温度14.5℃，饮用温度19℃。她纠正我曾经认为红酒越放久，越有价值的误区，凡有年份的必有生命周期。

从她男友老马二十多年来的爱好变迁，我能模糊地感受到瑞士给予人民怎样的生活。他的目光聪慧而充满童趣，身材魁伟而不失温柔，内敛的激情时而游走在笑颜中。他的父亲是欧洲皮划艇冠军，自然他从小也擅长这项运动，这为健康强悍的体魄打下基础；少年时钟情改装 EVO、斯巴鲁竞速街头；服兵役爱上枪械，永久收藏服役用过的枪，现今他工作之余坚持在靶场速射移动靶；人到中年，老马有条件收藏欧系跑车，定期接受专业训练。每到周末，可以和朋友租赛道进行切磋，也可以随性游走世界各地。

老马虽然大文文姐很多，两人间精神的契合却是多年来真情的浇铸。国内通常用惯有眼光看待跨国恋，很多人觉得有年龄差距的异国恋总充满交易成分。也难怪，在北京、上海等大城市街头的异国忘年恋，确实存在捡漏和快捷迹象。可越是这种普遍存在的模式，越衬托真情的可贵。老马对我的想法完全能认同，他的宽容精神有中国传统文化的海涵，全表现在笑谈中。

这就是平常人的平常生活和爱情，在我所处的环境里，只极少数人经过浴血打拼才能换来。和在英国的日子一样，我更多关注人和环境，纵向映照人生，寻找生活信念和激情。聊以自慰，我只能以这样的方式解脱，严酷的生存环境能够更加强化物种的生存意志。恶劣的饮食环境、污染的空气和水、疯狂的生存压力、涣散的信仰、混乱的价值观等等，会造就历史长河中不朽的伟人。数百年轮回，谁知国家命运如何蜕变？可如今，寻找一场心平气和的爱情都很奢侈，多数人在高谈注重精神的口号下沉沦于物质痴迷。获得纯粹的爱情，需要太多准备工作，需要太多过程，还要靠命运眷顾。

在提前经历了一场漫长的婚前蜜月后，我和小舅妈在夏天时回到北京。双方家长就在非官方的场合见面了，对于传统北京家庭来说如此“非正常双边会晤”意义非常。我和小舅妈经受异地恋的考验，拿回了满分爱情成绩，一切似乎朝着婚姻终点平稳走去。没了距离、没了纷扰、没有了对前情的伤怀，没有现今爱情最大的敌人“物质”威胁，我们看不到任何不在一起的理由。然后就是在这样完美新开局下，有节奏、有计划地将“爱情”毁灭。我后来一直反思自己的问题，是性格、是脾气、是传说中的“作”，可都不是真正原因。我们间的痛苦从烦躁开始……

小舅妈结束了学业回到家中，我们的恋爱模式发生了天翻地覆的变化。我完全失去了节奏。我陷入小芭蕾当年面对我家庭时的苦恼，她害怕面对家长，我却只是害怕三两天地面对各种家长、长辈。我虽没这种障碍，也在北京家庭文化背景下长大，但太密集总会不自在。独生子女的毛病，我危险的文艺主义倾向，正在寻找火山口……

起初，我还兴致勃勃地奔波在小舅妈家各种家庭聚会间，并且心怀感恩地热情、真挚地吃着每顿饭，和她父亲、爷爷下棋，和姥爷喝酒，游走于每个亲戚的生日饭之间。一周时间内，她的周末要在家，要去看爷爷、奶奶、姥姥、姥爷，周中要去叔叔、姨家做客，姑姑们也会抽空请客。小舅妈自己烦躁被太多地“安排”，我还安慰说现今大家庭的温暖真是太少了。

好一段时光我的工作排倒数第一，写作倒数第二，然后是自己家、练拳、养蟒……小舅妈的家庭和家族生活占去我所有的时间。有时我抱怨，但会遭到非议，认为这是“姑爷”应尽的义务，她对我的付出和爱让我什么也说不出，从另外一个角度看这些都是我的“福分”。我充分享受着别人眼中的幸福，过着应该是正确道路的生活。在那些“公粮”无时也无处缴纳的时光里，我对着星空寻找幸福。我和小舅妈单独约会越来越少，见面时间都需要从她一个亲戚家到另一个亲戚家的间隙中抽出，经常一部电影都错过档期也都安排不出时间。如果不是节假日，她中午和晚上需要给家里做饭，如果不这样她会觉得内疚和亏欠。后来，我常去她家吃饭，我和她爸妈相处很好，那儿就快像第二个家了。我们的恋爱陷入了家庭旋涡，可我还没谈够。小舅妈也很无奈，但她喜欢这样生活并觉得我“有病”。我面对一大家子善良、热情、传统的“亲戚”，他们全都对我很好，可我却在准亲情中迷失了。

我才二十多岁，一个对世界还有幻想、激情，晚熟的大男孩儿，被无法反驳的理由剥夺了恋爱。我们也开始产生矛盾，隐隐到两人都没察觉，且恶化速度难以想象。我和小舅妈的理由都充分，她觉得我无事生非，如此生活多少人可望而不可即；我也愤愤，强调因感情才乐观接受，并不是为这样生活才爱。

我们所有战争的形式可以概括为冷战和斗气，因为两人都有充足时间和精力发挥性格中的倔强，不肯让步，让对立悄然升级。我在恼火和烦闷之余，开始反观我和小舅妈的感情，思来想去到自己恐慌。我回忆着最初约会时的每一次眼神，依恋和不舍让人动容，她为了爱情疯狂攻击小芭蕾，以至于当我们某次在地铁站重逢，小芭蕾下车我上车，她看到我立刻擦身而去目光冷若路人。我为了一个美好的婚姻模式，到底失去的是什么？那些冠冕堂皇的理由和信念，都是我对爱情的背叛。而我又是个知错而不认的性格，我会吸取经验为下次，但当下宁死也不会悔改。我和小舅妈都是这个性格，而她解决的方式是丢下没法收场的破败局面撒手而去。我恍然想到，她和我开始恋爱时就像从远处逃跑而来。

后来，在我们斗气时小舅妈又放言："有本事你找一个北京的，像我一样好看，还能这样对你和你的家庭好还接受你的，如果你能找到，我对你百依百顺一千倍。"我肯定是不服气，也开始真的寻找。从此，我和小舅妈的关系濒临毁灭，我没有找到这样的一个人，却在我的同学相册中发现了一张花裙子照片。那上面的女孩儿，仿佛正在笑我此刻的落魄。我找到各种影子，用来刺激小舅妈，想让她回到相识的那个夏天。我作为中央戏剧学院的本科合格毕业生，竟然久久不能忘怀她说死也不会和我分开，要为我生好多孩子的那些夜晚。

如果说我只是在吵架，小舅妈却开始真的寻找了。她家需要完全听话的女婿，而不是我这种精神世界会起义的作家。于是，小舅妈带着像上段恋情般无法收场的残局，抱着满腔的爱试图逃走。春节，我们和解的最后机会被我拒绝，她问我今年还来不来我家？我说该好好陪我爸妈过个完整春节了。意思是这样，但原话有些粗鲁。最后一次见小舅妈是在她家里，她父亲和我谈话，我们还像往常一样地喝酒、下棋。小舅妈几次冲过来还愤愤地，我不解，都到了这时候还在斗气？“你说你，我都不知说什么好了，也不知道你怎么想的，怎么会弄成今天这样？我不需要你有事业也不需要你赚钱，过普通平凡的生活就好。可真不知道你是为什么？脑子里想的什么，哎……”我听着历史上最接近岳父大人的无奈和教育，心里骄傲着，状态和关门而去的小舅妈雷同。

我的继任没几天就出现了。2月14日的情人节，小舅妈迅速证明了她的条件有多少人都求之不得。我很伤心，但不是为丢失很好的婚姻，而是伤感于失去恋人。我是个能对水杯都产生浓烈感情的人，更何况四年朝夕共处的活人。我特清楚继任多么激动地迎接命运眷顾，也明白小舅妈要把这种感受全然呈现给我。但她不知道，我介意的不是失去所谓幸福生活。我失去的是2009年两人站在苏黎世湖畔，早晨和傍晚的天空蓝得如此接近，虽远望却看不到今天的一切；我失去的是，她用史密斯威森的左轮对着我，而我透过弹夹凝视她的眼神；我失去的是2008年我们疯狂吃醋后和解的瞬间；失去的是2007年夏天，那水汪汪的眼神；失去的是2006年，在MSN上第一次叫我作家时的好奇；失去的是2005年，我们在教练车里，初相识就已带有浓重背叛的眼神……

后来，小舅妈像攻击小芭蕾一样，继续在网上秀着各种恩爱。有次我们中戏的学生会主席涂聪，坐在必胜客吃减肥运动后的加餐，我盯着四个奥尔良烤翅，悠悠地回忆："曾经有个人，为我吃着方便，用刀叉将它们骨肉分离，还把刀叉摆放到我最习惯的位置。"涂聪悠悠地说："那现在呢？"我想了想："应该在某地为另外的人，用刀叉将四个鸡翅骨肉分离，把刀叉摆放到他习惯的位置……"涂聪学着我的模样悠悠地叹息。我曾经以为这是无法替代的爱情，那些年的欢哥多么单纯。

此后六个月时间里，我单身了。在和小舅妈对抗时期的"照片中人"——花裙子师妹正摇晃地向我走来。我像古人一样从画中揣度爱情，在没有生命的光影构图中遭遇命运。我凝视照片里的眼睛，去探听爱情声音。

在VCR中，我谈到最后一段不被家庭祝福的恋情就是和她了。我的师妹声称无论她嫁给谁，都毫不避讳讲述我们间的事。第三段恋情，我写了好几次都觉得失败，总觉得文字比起现实很无力。那些我用来修饰的词汇，不足以描述她的美丽，词汇组合也艰于形容到底相爱在何处。我为什么会称她“书记”，是因为师妹在近郊挂职副书记，二十六岁的副处级干部，传承却是东棉花胡同39号院的“七年纯血统教育”。

书记活在照片中时，我就发现这是个分裂型人，乖巧外表和甜美面容下，隐藏着暴力、狂野、魔幻的语系。在中戏，从不缺乏各式各色的美女。建校六十年来，漂亮女孩儿逐渐形成学院独特风景，从五官纯美、身形艳丽，到生动、高贵、性感、冰冷、阴郁、活力、风情、沧桑……书记沿袭了东棉花胡同传统，在修长和端庄之美下，拥有随时可以舞蹈的灵魂。她独特而难于用语言分解气质和风情，需要心灵碰撞才能激发。书记不需要大量阅读就有书卷气，不需要束缚、礼节、概念去彰显气质，不需要时刻提醒、诱导就有状态。书记的一切来自天然，她是在琴键上跳舞的精灵，只要爱情的音乐旋转如水，她的精神美便可以穿越时空。

我和书记的精神对话，都被她视为前戏，在和小舅妈相恋的那些年，我在物质生活的推动下远离精神交流。当时我正和小舅妈疯狂较劲儿，她让我找各方面都比她强的北京女孩儿收服她。我没找到，却从开心网上发现“花裙子”的照片。我被那纯真表情和优雅身形吸引，蒙上她美而倔强的眼睛，她的头发仍能说话。我们很适合，比起她家里安排的二十位左右的相亲对象，我们约等于大自然的选择，却不免遭受人为毁坏。书记描述包办性质的情感双边会晤，她的状态始终如一，书记在饭间就可瞬时拥有二十年党龄的内心容颜。

书记不仅拥有我钟爱的大长腿，还有多变的性格，她可以用二十多种方式叫我名字，眼睛能讲多国外语。书记擅长在任何状态下突然模仿各种流行人物，如《非诚勿扰》封峰老师的，“喝汤的，我，不要……吃话梅的，我，不要……”；延参法师的“绳命，是入刺地竞猜”。她换身型、衣着，就能融入夜幕下站街女队伍，眨眨眼又可以回到工作会议上作报告状，再转身又能跃入十九世纪贵妇、交际花的宴会。和她流放大西北、西伯利亚、塔克拉玛干等地，我不会觉得孤单和乏味。

我曾经把书记的照片发给小舅妈，说有天我可能会和她结婚。她沉默了……我的挑衅和照片起到震慑作用，青春留给她的时间不多了，小舅妈下决心寻找结婚对象报复我。我真切地搬起不属于我的石头砸了自己的脚，也成就了一段婚姻。我上两段失败恋情，相同点是都成就了前女友的闪婚。来到《非诚勿扰》的舞台上，我如果能走到最后环节一定会这样表白："和我下去吧，哪怕不能走到最后，也会把你送到婚姻里去。我说的都是真的。"可是很遗憾，二十四位靓丽的女嘉宾用灭灯的方式为我在台下星火燎原。

书记是我多年来唯一拉开架势，采取传统技术手段追求的女孩儿。在书记不了解我时，我将半熟的文言情书刻在竹简上，邮寄到区政府大院；在她失眠时，我尝试邮寄花草茶；为让她体验到作家也会务实般呵护，我快递蚕便枕头；为博书记欢心，我还制作大红锦旗称颂她挂职期间的功绩。三十岁的我，恍然回到十八岁去仰视爱情。我几次冲到她挂职的政府办公楼，翻越院墙试图呼吸她存在的空间；我徘徊在派遣书记的大学礼堂，甚至混到了礼堂讲台上……我的这些行动其实精确掌握着分寸，从不超越她的接收范围。我在隔空听劲儿，和书记打着精神大成拳。

书记怪我自己玩得欢乐，是在用行为感动自己。我反驳她不可以用当下流行的说法和已知经验总结欢欢行动，况且半年都约不出来有什么欢乐？身为书记该做青年群众工作，她却远远躲藏着。我还问书记："如果你换了我，你该怎么追自己？"书记的冷漠也很有火候，她不会把激情冻透，总给它自动融化的余温。书记胆小、犹豫的性格让见面的前戏格外漫长，她成就了半年宁死不见面的惨剧，这不符合中央戏剧学院的同学情谊，更不符合这座伟大院校的情爱规则。有时我在想，照片中人一旦走出平面，是不是就带着爱情的模样？从与小舅妈纯物质生活的恋爱，我一下被抛到了半空中，在精神爱恋的半空中悬浮。

我作家的身份带给书记充分的不安全感，她曾说过要找和她相反的男友：呆板、规矩、老实、靠谱。女人的话怎么能信？不信则有，信则全无。我根本没把书记的标准当回事，她列举了各种不能成为男友的硬性条件：和她一边儿高、学艺术、同学、北京人、水瓶座、不穿白衬衫和戴眼镜。我全占了，那些愚蠢的标准其实都是约束更愚蠢的追求者。我把拿破仑、希特勒、孙中山、张作霖等名词用作形容词，为了提升书记的人文高度。

后来，在我变奏夹杂独奏的舞蹈中，书记终于穿着高跟鞋和我见面了。我歪头看斜上方的书记，满心只是支撑她一切的大长腿。我是感官动物，喜欢平凡生存形态下，活跃的内心和涌动着的精神世界。直到后来我们行进在关系的末路，书记不很悲痛地说彼此放生吧，如果在一起注定是两个小可怜，若经历十次八次如此恋爱，我该距离诺贝尔奖更近了。我很轻松地对书记说，“西方批判现实主义文学时代早已过去，而我们还在去往的路途上。咱们经历的是十九世纪的爱情悲剧。”书记不喜欢我影射她的父亲，尽管是他一手毁灭了我们的爱情。我们谁也不去嫉恨，神说如果准岳父打你左脸，你得脱了裤子把右屁股也奉献。如果这样还不行，就只能放生了。我在《非诚勿扰》VCR里轻描淡写不被祝福的爱情，就是活生生在理由并不太充分的情况下被否定的。以至于我在最后日子里甚至感慨地对她说：“前世我肯定是欠了你钱的嫖客。”书记回答：“那今世为什么还免费用？”我感伤：“为来生。三世一疗程，今生为赠品。”

书记一直都不愿意告诉我，其实自从我出现在她生活中，就遭到家里封杀。我做梦也想不到，她家里从一开始听到我名字时就深深排斥。我还天真以为她爹会喜欢我，之前我一直是被长辈喜欢的。到后来，我像通缉犯一样，被排除在书记相亲表格外。我被他们家严格列入禁止接触的对象范围内，因为我和同时存在的备选相比，我既无法和几大部委的公务员们相提并论，更无法和工作在国家重拳机构的“小牛哥”抗衡……我那感动老师和同学的竹简情书，她第一时间拿给父亲，却成为终审判决。他认为作家王欢是虚无的、拿不出硬性物质条件的蜜语者，断言书记将因我断送幸福生活。婚姻靠物质维系，特别在这个社会，作为称职父亲，他已为女儿付出了大半辈子，为了她后半生幸福，他不可以将女儿交给一个不稳定的作家。他需要看得见、摸得到的，巨大的住宅，可以经受得起任何社会动荡的财富。书记曾被为难，王欢一个月工资多少？写一本书能赚多少钱？他能买得了那么大房子吗？

很多时候我被为难得没真实感，无论怎么解释，书记家都认为我在进行不健康洗脑。我无法用经历告诉他们，纯以物质生活为终极标准的感情容易出问题。他们认为我谈上段感情是欺骗，根本不存在小舅妈那样的女朋友。是我为了让书记鬼迷心窍，编造出来的动人故事。我无法否认物质在当今婚姻中的作用，但底线要互相喜欢有感情基础。也许很多人到了一定阶段可以屈从现实将就婚姻，可书记不是那样的人。哪怕捆着她绑着她，书记都在精神舞蹈。她不止一次向我发狂地宣泄，有的相亲对象多么令人厌恶，她吃一口饭笑一下心里却不停地骂。而书记家坚信是我的存在，断送女儿好多不错的可能婚姻。在我和书记的恋爱中，我送她去相过亲，帮她和相亲对象选过吃饭地点、电影场次、逛街地点，也见证她送走了七个听起来都很好的男人。

我不是故作大度和树立宽容牌坊，当局者迷的感情事件任何人都有可能经历。在为别人指点迷津时，我们特容易做理智的高手。可换到了自己身上，经常想不清、放不下，更有很多人明白自己在犯傻仍会一路“二”下去。我特别清楚在做什么，也随时做好崩盘准备，但还是配合书记把“斗争工作长期进行下去”。书记执着和顽固的性格并非天成，很大程度遗传于她父亲。书记为了坚定不移把一条路走到阳光灿烂，已不知和家里争吵了多少次。我经常看着电话和遥控器随手飞出，或者她一脚踢在门上。在争吵不出结果和斗争暂时乏力后，她拜托我耐心等待转机，并深度配合她糊弄家里把那些相亲“打磨”掉。她采取“毛泽东的论持久战”的方式。男人也陶醉于海誓山盟，书记说将来最坏的结果是我们把合并的骨灰洒在中戏春暖花开时的小花园里。我就是听信了如此浪漫主义的谎言，重复着比较形而下的幼稚举动。

我直接送书记和家里安排的相亲对象见面，真实地如同纪录片：当我以六十迈车速经过北外大学校门，目光检索，瞬间就在两人相遇前将“处男之身”认出。书记紧张地走路，那个男孩儿激动地手举电话踱着哆哆嗦嗦的双腿。二十九岁的我，不仅容忍“在职人员”和别人定期吃好多次饭，同时还有看电影。为了进行反击和对抗，我尽可能帮助她选场次，还把书记送过去，我不想为难她，不想让无辜的手机遥控器之类的器件遭遇不幸，是多么有私心的攻击性举动，既然你可以定点爆破般地反复相亲。那我也可以走一趟《非诚勿扰》来拯救自己的无果之树，反正不被家长祝福的爱情前景注定暗淡。关于我和书记的故事，还是在后面的情感经历写意中描述吧。我永远的三段式爱情经历，都留着她的形象，尽力把握分寸和尺度还原真实的感情经历。我会咬着牙说，任何家长都是希望儿女将来过得幸福，出发点都是为孩子着想。我还会闭上眼睛，重复我爸的话，他坚信在这个纯文学极度边缘的拜金时代，坚持到最后肯定局势会扭转，文学不可能一直惨淡下去。我相信这一天，也担心承载遗传基因的细胞质量正逐年下降。我至少现在还不是一个马克思主义者，但我记住过他的一则真理："只有在那崎岖小路上不畏劳苦攀登的人，才有希望达到光辉的顶点。"

京沪高铁的售票方式，给了书记回击我的契机。我是一个没有信用卡的人，从北京到南京的车票需要信用卡在网上支付。书记在办公桌前笑了，得意之情无限接近我送她去相亲时的情景。为了日后留下把柄在她那里，即使是头等舱书记也会唱着歌帮我支付的。我特别啰唆地问她："你爸妈会看我上节目吗？你的对象肯定经常偷偷看我微博，然后关起门来看《非诚勿扰》。他肯定还会生闷气，其实这也不怪他，要是我在初恋未遂时候遇见这么个对手也会很无奈的。"书记当然也很无奈，我对她说："要是你单纯就有这么一个相亲对象我都不会报名。关键是你爸妈态度太坚决了，几乎发动所有社会力量给你相亲，我觉得这是对我存在的完全漠视。我要让全国观众证明，他们对我的判断不准确，重新认知王欢没有那么差。”书记提高了嗓音反驳我：“就是你上了宇宙，现状能改变吗？我爸妈说的都是很实际的，他们是小地方人，就是这种思维方式。”我激动地说：“总有一天我洒向人间的非物质遗产会掷地有声，到那时我的儿女长孙将踏着光辉拒绝赞助费也上重点幼儿园；等我获得诺贝尔文学奖的那天看你爹娘会不会对我刮目相看？”我以前还说骑自行车去瑞典文学院，找十八位白胡子的文学老人，现在哥们会拒绝领奖，奖金乘着直升机撒在祖国的贫困地区……书记用台词腔调叫喊：“欢欢你吹什么牛呀，你能拿出点具体的有说服力的东西吗？”我开始掏出手机，用移动网络在百度上搜索《青春内幕》《养蟒手记》《爱曾如海 浪也白头》等长篇著作。书记又说：“我爹说这些都靠不住啊，社会变得这么严酷了，谁也不能吃喝在书里，他不懂得这些书是可以高价卖影视拍摄权的。”我仗着已经取得过类似的成功，于是底气十足地和书记又陷入古希腊式的哲学辩驳中，我告诉书记在南美洲的哥伦比亚，诗人在路上朗诵时，路人是会停下来听完才继续上路的……我原来也写诗，但是担心一直写下去会变得太自我太自私了，所以将诗歌的艺术冲动毫无保留地奉献给了小说。

我的下一站是从北京南站到南京。如今的北京南站旧貌换新颜，再不是许多年前恍若十八世纪的蒸汽机车站了。北京在改变，从火车停靠地到我心灵的驿站。我和书记之间存在着至少暂时不可颠覆的爱，在现实中我们的关系被所有人看好却不被她的父母认可。我解风情也解人情，因为爱和理解便有了相视一笑的默契，我鼓励她去相亲、约会、看电影，在男孩儿家长面前做乖乖女状。可有些事情只有当局者清，这世上为前女友捐肾的也不都是爱情白痴。我还得再补充一句，我要是什么都没经历过的菜鸟也情有可原，没经过世面也罢，可就这么巧，我知道书记心上仅系着一根挣不断的红线，那一头却紧紧系在我这一边，她对我的依恋毋庸置疑。《非诚勿扰》的另一伟大动力是让我问心无愧地走上这神奇的相亲舞台。

但就书记父母的立场而言，我只要在他们的女儿面前站出来，无论做什么都是错。事实是别人约我女朋友吃饭，我不应该说话，他们要证明我的存在是道德品质败坏。可我并不是无业吃不上饭只空谈艺术的作家，我有正当职业，我还会用才情和真诚去创造每一部作品。更重要的是，我不仅爱书记且知道如何去爱。或许书记家的态度，反映了他们的过度世俗是对社会的安全感缺失，把狭隘的宏观升华至历史和未来的高度。但真情不可忽略，婚姻即便被看成是在经济杠杆操纵下的买卖，也应该让双方最低限度地靠近情投意合，否则人性的良知将被父母的错爱蹂躏得体无完肤。

后来我母亲病重了，可能已经到无法挽回的地步。我是她一生的希望，一生的最爱，却没能在去世前让她看到儿媳。但是我妈却微笑、平静地说，任何时候都要以自己的感情为标准去选择，你自己认定适合才是对的。我告诉她，将来会稳、准、狠地把握幸福。书记的可爱之处在于她自己的精神世界单纯，她似乎感受不到那些常规的人情世故，也可能从来就不会表达。

在母亲化疗阶段，我曾给书记爸妈发短信争取最后的希望，为了书记的海誓山盟，为了在系数近零的准岳父岳母面前好好表现，我是龙也得盘着，是虎也得卧着。我向他们解读那些被安排的相亲对象，即使数据再合适也不是书记所爱，我的存在不构成反作用力。毕竟这些年，在她父母亲友的玉成下书记已见过十来个了，既然那么多都不成，就肯定有原因。她是个孝顺的女儿，无法直接抗争。如今，好多人都结婚成家，书记还在纠结，您二老有没有考虑过问题出在哪儿？在书记父母前谈我们的爱，我显得天真、自私。我曾目睹无数夹在爱情或亲情中间的孩子，孩子往往最终还是受苦。书记父亲认为，我私自给他们发短信是对他们尊严的挑战，是试图给他们洗脑。我笑了，真是欲加之罪。他们怎么就不明白，那个在他们眼中个个条件好于我的，财富数以亿计的，做男人做到了快三十的年龄为什么在恋爱史上还没有零的突破？如今这是什么社会？这种情况是否说明此人自身存在更大缺空？如果书记是拿幸福参数做交易的女孩儿，我们又怎么会许下生死相依？

随着母亲的病情加重，我也无心关注感情最终结果，心里感觉母亲最终还是见不到我的感情归宿了。她很释然，觉得不能让这些成为制约我选择的羁绊。书记理解我的心情，她欺骗父母说已经和王欢分手，她偶尔会去医院替我完成心愿。后来她妈妈不相信，飞来北京亲自督战了，书记在给电话上锁同时把我名字改成“张luby”。两个三十岁的人，在自己的人生舞台偷演一场注定曲终人散的爱情戏，真不知道骗的是谁！总之，最后出现在病房和母亲眼前的人是书记，一个注定不会和她儿子结婚的女孩。

在我母亲去世后一个月，书记的父亲悲剧化地也要面对命运的生死之约，一个不是癌症却胜似癌症的肿瘤摆在了所有人面前。对于胃肠间质瘤，世界医学的发现仅有三十年的历史，至今更是未解。它的恶性程度以大小和核裂数区分，大于五厘米的五年内存活率只有百分之三十五。书记父亲的形势不容乐观，他也住到了协和医院，八楼的基础外科二病房。我觉得快两年的时光，也应该和他见面了。我的压力是双重的，既来自我们之间的关系，还有就是母亲在不远处的病房离世，时间巧合到也短的可怕。我通过医院的关系找到了书记父亲，因为他还是回避我们见面，但是也没有明确阻止。

从第一次听我的情况开始反对，很神奇的两年里，书记父亲都没有正式见过我一面。一个眼外科医生对待女儿感情的态度是哲学的，而非科学的。我一直抱怨，就是否定也要见次吧，哪怕走个形式！我活生生一个习练意拳十年的青年作家，在众多女孩儿心中被视为偶像的人在他这里连被接见的权利都不能获得么？书记的父亲始终运筹帷幄，但在女儿感情问题上并没有决胜千里。我有一点特别反感，就是他故作的潇洒，他每次对相亲对象的态度都过分举重若轻，自我感觉这一切都随女儿之愿，他不在乎女儿内心真实感受。但书记父亲却极端在乎自己意图，女儿一生的婚姻，怎么可能意随风，都随风？我的世界其实也慢慢发生改变，我觉得放弃也很好，远离也是个不错的结果。我也盼望着某种偶然的到来，还有就是渴望一个突然闯入的终结者来结束我内心的疲惫感。我以前一直坚信，能迷恋单纯男耕女织生活的人，都必须要经历繁絮的人生。那么，我现在厌倦了。可如果始终没有那个闯入者出现呢？

书记有着阵发性易摇摆的脾性特征，不知何时哪根神经短路，哪怕是十块钱的东西也能纠结一周，更何况决断终身的情感。在她鼓荡着孩提色彩的精神世界里，时而憧憬着我们婚姻的美好未来，时而纠结父母期望的全新生活。书记自私到不考虑现实年龄，不考虑去用女孩儿最宝贵的青春当筹码。她犹豫纠结中，分裂并享受着时刻将要瓦解的爱情。我有时候比她理智，像狼妈妈一样驱赶成年的小狼，告诉书记耽误着你美丽年华的罪恶感让人不安。书记却摆摆手，她似乎已经习惯平静和纠结的爱情，只要不吵不闹管他结婚与否。她有亲就相，从容和父母亲以自身的谋略巧妙周旋，如无其事品评谈论每个对象的指标。书记的感情观是自然主义，当有天外力侵袭，两人自然会各有真正的归宿。这是因为善良还是心软，亲手斩断感情如隔断手足。全世界，只有书记一个人在精神困境无法走出时，盼望着第三者的从天而降。我曾经轻视没有创造力的书记，误入中戏学习艺术，但越来越发现她在人为地雕琢自我生活，如同绘制一幅简约的行为艺术画作。

我来到协和医院基础外科病房时是非探视时间。早晨十点，那里的病房是进不去的。我不知道书记父亲住哪个屋，但我和这里的护士早已建立亲和的关系，哪怕是陌生病房的。我以很熟识的表情问他手术的时间，第几台，主刀大夫前面可能会有的小手术等等……护士没谈几句就告诉了我床位，我悄悄地走到里面。作假的内心是丰富的，他既是我的“敌人”也是亲人。我母亲是在楼下的七层去世的，直线距离并不很远，我想这就是命运吧！我推她从电梯到地下太平间时的心情触景而生，泪水顿时溢满眼眶。我犹豫在病房前，是无限感伤的记忆让我迟钝。一个平日里健健康康的人，一旦躺在病床上其生命就会显示出超常的脆弱。我对书记父亲也没有什么要说的，只是期望他可以平安、幸运地度过这生死之关。

书记的父亲坐在八层基础外科的病房里等待手术。我犹豫了好半天，不是怯懦，是怕他不习惯、不自然。毕竟他不喜欢我，无论做什么可能都会有相反效果。但我想到了这个时刻，一切宠辱恩怨都该化解了吧？他一直是个嘴上什么都不在乎的人，但我明白他是万事都入心的。恶性肿瘤这种东西是针对免疫弱点与人格特征下手的，就宿命意义而言这是自然界对人生命运的一种残忍赐予。

我忘记书记父亲不喜欢驼背，驼背是我十年站桩习武留下的身型特征，我依旧以我最习惯的身形走进病房。他对我的到来惊讶，再惊讶！可他脸上的表情却故作平静。我跟他讲话时忘记挺胸，我想交流的是情感，缩短的是距离，不是周全礼节。至于我的形象，对他根本不重要。我看着书记父亲，这个今生注定无法成为我岳父的男人，我忽然感觉自己有了一种胸怀宽广的气局，用一种释然之感从容地向他道歉。我说："对不起，这么长时间来一直惹您和阿姨生气，没能得到您的允许见面……到现在也终于见面了。今天来没有让书记知道，只想来看看您。"

书记的父亲礼节性地客气几句，问了问我妈离开后我和父亲的生活。我不想只作表面的寒暄，如果没有心灵的对话，我顶着伤痛来这里做什么？我对他说，您的肿瘤性质应该不会太恶性，毕竟两个距离这么近的家庭不会同时遭遇厄运。当然这是人性化的考量不是医学上的，书记父亲摆摆手，苦而不自然地笑，我恭顺面对他的长辈感。在绝症面前，我不是晚辈了。他可能大半辈子都在医院，但协和医院独特的气味和氛围只有我能悲哀而深刻地嗅到。我们又交谈了会儿，他说小孩子的事儿大人不管，看似我和书记的事不值得一提。我当时信以为真了，作家容易在任何时候犯天真的毛病，如果没有美丽的憧憬何以诞生诗化的灵感？

人在生死间、凶吉未卜时会善念飙升，一旦状况暂时缓解，远离死神常常要本性回归。在她父亲回家养病时，却出尔反尔地明确了让书记继续相亲的决定，直到找到一个“合适”的人结婚。书记委实被命运逼到绝境，她本打算和家庭斗争到底，可一出这样的事怎能继续坚持？违背已望尽人生归路的父亲，将意味着永远背负大逆不道的罪名，后果可想而知。书记是绝望的、难以割舍的，她内心滴血，用一种自己无法再扮演的形象，缓慢而不失美感地讲："欢欢啊，以前总开玩笑说要就此别过。今天真要别过了。"我没法阻拦只是问："要不是你爸得病，是宁死不分开吗？"书记说："那肯定呀！还用说吗，他拧得过我吗？"敏感的我，一时间听不出语气是悲凉还是解脱。此后书记用长长的睫毛温情地擦拭着我的额头，她含泪笑道："如果将来形势不乐观骨灰不能合葬，还是如约洒在中戏的小花园吧！"

此时我忽然想到那天我临走时，书记父亲要下地送我，我拦住他下落的小腿，独自走出病房。他一直都没有把我来的事讲出。后面的时刻，是他手术时间，全程预计历时四个小时，全身麻醉。或许在书记父亲昏迷当中，他梦到女儿奔赴一个个相亲地点的场景，而我这个"情敌"已拖着别的女孩儿的手走在婚姻殿堂。愿他耳边回响起："无论贫穷、贫穷、还是贫穷你都愿意嫁给作家王欢吗？"永恒的答案："我愿意，我愿意。"书记父亲可以放心，他的病让书记不再抵抗，也让我在她身上或灵魂中寻到的美感失去。现实并未击垮的爱情，被命运以生离死别的方式要挟，无助地倒在父母亲情之下。中国式的宿命！

记得书记和她母亲坐在家属等候区时，我悄悄地坐在她们后面。书记穿着花裙子，那是我在照片里和她相遇时的模样。她呆呆地看着前面，身边除了妈妈没有别的亲人。我这个注定是她生命中的配角，像主角一样坐在她们身后，迟疑、犹豫地寻找再次邂逅的瞬间。我呼吸着她们母女的存在着的气息，寻找自己母亲生前做手术的下午——那个和我第二段恋情有关的日子，变得多么遥远。

我是少数派作家

VCR中说，王欢就职于国家级文学基金会，而他又是一名作家。那究竟我怎样给这个作家定位？从十六七岁时，我就立志成为一名纯文学作家。无论时代怎么改变，文学地位怎样颠覆，我始终不忘最初的冲动。每个作家心目中都有他的文学标准，我也一样。这么多年，我从没因要改变生活境况而写作，也不曾为脱贫而笔耕。想想其实挺幸福。赚钱的行业有很多，在我的理念里医生和作家不该用财富去度量成就。

始终坚守自己的创作，是我的幸运。于是，这种创作生活习惯也造就了我的“职业病和缺点”。在我二十九岁这年，我意识到了并发症的危害，从和书记的关系受到外力干涉，我看到多年来的执着和付出，可能在一部分人眼中是多么微不足道，而这部分人可能不在少数。对此我哭笑不得，是因为在人生的旅途中我还未做到来去从容。

我的弱点是我从骨子里习惯放大精神富有，这样似乎有悖物欲横流的现实社会。更严重的是我一直没能在真实可信的世俗中无所顾忌地操纵起经济杠杆，这一点我过多地遵从了父母身上的遗传基因。我的老师季红真是当代最杰出的文学理论家之一，她从来信任我的艺术感觉和文字，始终认同我的心灵坚守。十多年前她预言莫言总有一天会获得诺贝尔文学奖，很多人对她的期待并不认可，而我对她始终坚信不疑，如今事实选择了她的先知。莫言的获奖给日趋商品化、边缘化的中国文学带来了盎然的生机，备受鼓舞的人中自然包括我自己。人的情感精力有限，至少此后我将毫无保留地置身现实主义的文学创作，所以我更没多少可能修炼聚财敛富这门武功。在这样一个时代，如果我把以前用在写作上的情感和精力投入到金融、商业、做官上，可能会更有把握被人认可成就。我表述得直接，希望大家能明白。以前书记的父亲曾质疑，作家赚钱吗？这样的问题其实没法回答，如果容易，肯定是赚昧心钱的职业。我不排斥商业写作，因为前面仅仅多了两个字。只要纯粹，干什么都可爱。很不幸，我没有选择以赚钱为核心的写作道路。

真正的作家敏感，感受到比别人更多的痛苦和坎坷才是真正的职业病。熬夜，腰椎，视力等都是形式的，当你更敏感地去感受，放大困境和苦难，再反射到你身边亲近的人身上，更是非形式的职业病。文学是栩栩如生的现实，我的文学是因为我需要一个有血有肉的生命旅途，我才去写作。我每完成一部长篇小说，都有走完一程人生的感觉。那种快乐和欣慰本身就是成就，接下来，我那一行行随心所欲的文字能触动别人是再好不过了。我会相轻其他文人，或是因为他们的创作初衷并不如同我那么纯粹，或是因为创作理念上的各有所求。就创作而言，文学和艺术都有严重的排他性，这和谦虚不谦虚没有关系，学术上的谦逊在艺术创作上完全不适用。如果我膜拜权威，那永远都不可以称之为创作了。作家应该恒定地拥有苦行者不卑不亢的激情，视天下英雄为草芥并不是大逆不道。马尔克斯和略萨就互看不惯对方，谁又愿意批评他们的相轻呢？我在《非诚勿扰》舞台上“遭遇”了作家吴瑜，她问到我怎么看待文人相轻，我却听成了“相亲”。我觉得相亲挺好，既可以当名词理解，也可当动词，只是台上无法自如调情。

在这样一个时代，出书和独立著作变得像学位和学历一样，成为标志性工具。在上个世纪末甚至更早，作家的创作室有约定俗成的文学标准的。二三十年后的今天，标准被码字者为所欲为地弄得面目皆非，一个人哪怕没文化甚至字都不会写，也可出版著作。哪怕出版的书只是图文码放，也可以用钱去宣传和炒作，开个新闻发布会，请专家和媒体溢美。久而久之，在公众心目当中出现的名家，让大家觉得如果不看他的书或者不知道他的名字，显得自己没文化。其实，这个作家从来都没写作过，他们完成的是编辑或者策划者思维中的商业构想，也可能是迎合时代和舆论的热点，层次再高些的功利写作就是迎合西方世界的意识形态和西方的文化价值观。

前面两点可以不用谈了，迎合西方世界价值观主要是某些文学家们的内心颠覆变革了自己民族的文化形态，当然不能排除功利或其他异端因素。过去无数年，很多人都渴望着诺贝尔文学奖，编造无数被提名的故事，最大限度从审美价值上贴靠世界文学对中国作家创作模式的认可，结果都失败了。2000年高行健获奖让整个文学圈暗自震动，虽然是至高文学奖项，但并没有服众。2012年莫言获奖，让集体吃不到葡萄说酸的时代，变成全说葡萄是甜的年份。我在《非诚勿扰》的舞台上曾表达过梦想是获得诺贝尔文学奖，其实奖和我的创作无关。因为在中国，百分之九十的读者不认作品认功名。每个作家都希望有更多读者，希望他的精神成果在广袤的灵魂中无限嫁接和生生不息地繁衍，遗憾的是在浮躁时代里需要用功利的途径才能如愿。莫言在获奖前后，他的创作没有变，只是读者群扩大了。以前批评的声音可能不自信了，赞美的声音可能此起彼伏地从地缝墙角中出来了。

我前面说过，很多年前我的老师季红真就曾经断言，莫言是距离诺贝尔奖最近的中国作家。我当时半信半疑，毕竟我到现在还是读不进去他的作品。我对中国农业社会的众生态繁衍进化没有感触，我也无法站在瑞典文学院和西方文学审美角度，寻找和接受一个意识中早就存在的中国模样。我既羡慕和嫉妒，又感激莫言的获奖，毕竟他让纯文学在中国复活了。太多年来，那些真心付出用心灵写作的作家，被商业操作和文化投机摧残得半死不活了。而某些书商和图书策划人的经营模式正在蚕食文学净土。

还记得和我同时代的少年作家韩寒，当时在“新概念”作文中展现了短篇写作的犀利才华。随着书商们推动的岁月流逝，商业上的成功也逐渐剖光了他的创作。到了后来，作家只能变成公共知识分子，艺术性的创作萎缩成社会批评。因文学出名，成就于巨大的作家名声下，已看不到任何相应的作品了。横向比较，郭敬明可以算实业家，生产、销售、树立个人品牌形象、扩大销售赢得回报。韩寒则是玩概念的高新技术产业，不靠作品靠概念赚钱。商业写作毁坏了一批有才华的年轻作家，使之成为公共知识分子，又为一批“不上不下”的文化人找到生存空间，他们可能从作家俱乐部被驱逐，或是根本都没有找到作家的门在哪里。中国戴着作家帽子的人不少，但真正以作家方式写作的人需要用放大镜去寻觅。

博客和微博的出现，让很多人找到了自己的社会位置。经常可以看到一些有相似头像的博主，事无巨细地对社会不公进行个性批判，甚至到了没有不公也要寻找不公的境界。这些人谈政治、谈民主，其实是当下被生活压得喘不过气的人，选择了最热衷、最快捷的减压排遣方式。那些没血性的男人通过谩骂强大的体制，获得身体虚弱的快感；那些缺少雌性激素和异性仰慕的女人谩骂，能获得比奢侈品更有光环的装点；在口腔革命之后，多数人还是回到咖啡、音乐、红酒的“小布尔乔亚”生活中。新民主主义革命时代的呐喊，是为了让更多人幸福，而今多数人以一己私利蔽之。一切根源经是儿女情长不得的祸，呐喊的痛苦最大不过被生活踩了脚趾。

文化人谈民主和自由是最卑微的，多是争夺嘴上快感，博得更多软弱无力人的心理感应。我也向往自由，是人性上的解放。脚下大地从没变过，几千年形成的惯性里，如星系轨迹。八十年代，我看到一批诗人声嘶力竭，最终换来他国身份，名利填平愤世嫉俗。作为人类，不必忧愁身上的翅膀是否有灰尘。用双脚走路吧。一百年来，真正改变中国的人，都是拥有天时、地利、人和的伟大创造者。海只负责森森深蓝、浩浩潮汐，只是无意酝酿决堤。

作家的队伍太不纯了，也许有人要抬杠，不一定要用“作家”来约束写作。我的反击是，哪怕小姐用纯粹的态度记录生活，也比作家外衣下的虚伪创作更真实高尚。写作，应该很纯粹地对待，应该听从心灵的指引，应该关起门虚心研究。以前曾经被人民拥戴的现实主义法则，我觉得所有不着边际的理论都是对所谓天赋的纵容和助纣为虐，干一件事没天赋是极其可悲的，而有天赋的人往往犯懒，想毁掉一个天才就不断帮他发展优势，让他成为豪华的残废。除去外界因素对作家的毁灭方式之外，还有就是源于自身基因的病症，很多天才的作家也会夭折在这上面，加上商业和媒体的猛药，已达到速死。

我也许是现行作家队伍中的少数派。我在作家队伍中成长，也在它兼容并蓄、吞吐潮汐的岁月中老去。我热爱拉美作家，抛开创作风格吸引我的是男人身上的血性，女人身上的爽朗。我希望下一个时代成长起来的中国青年作家，有挥洒和驾驭生活的豪情能支撑起文明精神和野性的体魄。他们可以像水手一样欲海逐浪，放下手指和键盘，可以冲到社会、生活、人生的最前沿。作家们可以褪掉书生的阴郁和悲剧意识，让海的力量和情怀铸就身心，腾起绵延不绝的绚丽构想，书写成就人性良知的血脉，让一个古老而健康的文化传统生生不息。

血性创作是我对未来时代的憧憬。

《养蟒手记》《你过分可爱》和《青春内幕》

任何作家都要用作品说话，我平时很少写评论性质的文章，唯恐看别人、说别人多了，会养成眼高手低的坏毛病。从作品追溯，我真正的创作应该是从进入中央戏剧学院开始，我大学时写作了第一本长篇小说《爱曾如海 浪也白头》。后来2012年出版了《青春内幕》，期间还创作长篇小说《你过分可爱》和纪实文学《养蟒手记》。每本小说的出版过程都有故事，特别是最初的两本，甚至到了有故事不写不行的地步。我是不善于忆苦的人。

《养蟒手记》是一部拓荒题材的纪实作品，它记载了冷血宠物市场和爬行宠物文化在中国最初的萌发和迅猛壮大的一个横断面。过去的日子里，作家们不养蟒，养蛇人又不热爱写作。这是我独创性的一个机缘巧合。我从2003年开始养蟒，光阴荏苒，一晃将近十年。其中亲身经历很多文学无法造就的神奇现实，在社会之下的一个特殊的生活层面，鲜活动人。其实很早以前，冷血宠物在整个国际宠物市场已不算另类。而在中国，饲养蟒蛇，收集有毒蛛蝎、蜥蜴，灵龟却被边缘为异宠，而与它们亲和共处的人也被主流媒体视为异类。从2002年到2012年，这群边缘人的数字呈几何倍数增长，十年时间，在中国的养蛇人甚至多过了很多欧洲小国人口总和。

中国人自古怕蛇，无论是对龙的图腾敬畏还是精神恐惧都由来已久。换位思考，蛇只是咬人而已，人就不仅仅如此了。我们的缅甸蟒饲养场，善良的人们不仅要食肉，还要用它们的骨炖汤，更要用蟒皮为传统乐器二胡做音质载体。各种蟒、蛇制品遍布生活，在不发达地区它们也被当敌人被驱赶和杀戮。蛇，这个属的动物其实是为人类做出很多贡献，却又遭受最多不恭的物种。怕蛇的人是多数，但又有谁是因为遭受过伤害而产生的恐惧？每年中国被温血宠物咬伤的人远远多过冷血动物。一切的根源都是因为缺乏了解，贫瘠的沟通渠道造就了物种间的仇视情绪。

我写作《养蟒手记》，并不只针对养蛇这个主题，其实是对冷血宠物文化的多元阐述。人类已经把自身群体的认知当作地球真理，只在万分无奈时才悲叹自然法则。上到寰宇天际，下到人性深处，我们的交流一直在误解中强化。人是最一厢情愿的动物，温血动物之间更容易有相互错觉。但是和冷血动物相处可以修正这点，特别是蟒蛇类，它们坚若磐石的独立性闪烁着蛇性的光辉。每当我们注视冷血动物的时候，就会不断地修正人的主观情怀。人的自作多情无处不在。

《养蟒手记》以养蛇人的视角，以绿树蟒在中国的走私和第一次人工繁殖为主线，讲述冷血宠物文化的萌生和变迁，从中走出社会各阶层、形色大小人物，他们的宠物和生活，会让“普通人和平常人”骇然和尖叫。

也许你的邻居家里正有世界稀罕的毒蛇，也许你的隔壁正趴伏着来自美洲的鳄鱼，也许你楼下的屋内，正缓慢爬行着可以穿越世纪的亚达伯拉象龟……也许，看似不起眼的学生怀中的瓶子里装着闻名世界的黑寡妇蜘蛛，也许，你的恐惧从零距离接触后变成无法割舍的爱。冷血动物的魅力，还没有完全释放。《养蟒手记》带你走进全新的生活空间，让你亲身经历《动物世界》《科学探索》，但它的叙述独特而更富有人情。该书真实透视养蛇人和各色冷血宠物主的生活与精神空间。繁华人世物欲横流，他们淡漠同类信任，和世界范围内最艳丽色彩的蟒蛇和谐相处，形成了超越人情的爱与尊重。

《养蟒手记》力求对中国长篇纪实文学史完成零的突破，同时也超越了文学的自身意义，我以全新的话语方式，独特的生活语境，纵入这个常人不曾涉猎的神奇世界，再现典型环境中的传奇人物，形象地传达了新一代青年人的全新审美情趣，以广博的视角复制栩栩如生、五色斑斓的冷血乐园，让读者享受惊心动魄却又充满诱惑和耳目一新的独魅阅读。

《你过分可爱》是部多角度探讨当代青年人生存和奋进的小说。在当今这个时代，独立奋斗出汽车和房子，擦亮别人眼中的虚荣和嫉妒几乎成为主流的价值奋进目标。可也有与众不同的，哪怕他们生活在底线之下，也怀揣被非议的梦想和激情。《你过分可爱》就是对男主人公生活探索精神的赞美和祝福。在《你过分可爱》中我赤裸地表达情色意义上强烈的美腿情结，作家的情色观往往憧憬着人体和生命的唯美，其实这不存在不妥，只要光明磊落地倾吐内心就好。前不久，央视的评论葛倩结婚了，我们两家是世交，在我没出生前就应该算认识了。在婚礼上，葛倩脱去婚纱后换了一身非常漂亮的裙子，加之她修长性感的身材，让来宾倍感惊艳，主持人水均益先生为之动容，他站在主婚人位置上诙谐幽默地大谈男人的美腿情结，这让我多少有些雀跃心欢、热血沸腾。水均益先生身旁站着婚礼主持人劳春燕、阿丘和白岩松。水均益对着全场嘉宾说：“很多人说我好色，办公室招的都是大长腿，这没什么的！在我们这儿就是漂亮女孩儿多，且裙子低过膝盖真都不好意思来上班！”他是光明磊落的性情中人。看来男人之间对女性的审美没有不可逾越的代沟。我没有主持过婚礼，但用了一整部长篇小说来诠释了水先生绝对坦诚诱人的审美取向。

漂亮的双腿不仅承载着美丽生命，也能走出一段令人心醉神迷的传奇人生，几段水乳交融的人情。《你过分可爱》源自真实的人生经历。故事从在窘境中重逢的两个青年讲起，主人公乔伊和高哲都已冲刺到断崖，不仅在北京的生存尊严受到挫伤，生活权利也受到威胁。乔伊多次失业，又被女友秦雪父亲逼迫分手直至受威胁离开北京；高哲被超级物质女苏汐拖累，耗尽身心仍无法满足她的消费欲，甚至被高利贷追逃。一次偶然，他们携手邂逅神秘独身妈妈龚洁，她和前夫范大陆决裂后仍若敌若友地相互对抗。不久，三人决定零角度向生活的背运发起反击，联合创办国内首册美腿杂志《寻芳》。经历各种挫折和困境，杂志成功立足于市场，继而又拓展出美腿网站、俱乐部、美腿大赛，达到事业顶峰。性格冲突造就命运对抗。乔伊沉稳、智慧、心硬，高哲风流、脆弱、不羁，龚洁热恋乔伊，女友秦雪因心里不平和高哲碰出一夜之缘，使两个男人一直潜在的矛盾激化。苏汐极度欲求不满又极度自我，给对手可乘之机。乔伊察觉秦雪背叛佯作大度，高哲因背叛兄弟悔恨离开，《寻芳》受到毁灭性冲击。龚洁前夫范大陆一直假借对苏汐下手，巧妙离间乔伊和高哲、并打击龚洁从而抢夺《寻芳》。最终几个青年发现，他们已是无法分割的生命体。高哲回归，带着保存下来的有生力量再次和乔伊相聚，两个男人心怀妥协的激情重新联手。

秦雪、带着儿子的龚洁都离不开乔伊，高哲在全新高度放浪形骸，却更依恋苏汐，并无法离开乔伊构建的几人社会。对“家长”乔伊来说，失去当中任何一个生活框架都意味着倒塌。五个人这次从负角度展开《寻芳》复活战。他们努力实现当下人眼中的世俗价值，因为他们要证明别人眼中的自己。得到普世价值的认可，又毫无惋惜地摒弃，因为要活出自己眼中的人生。他们逆时代而行，全身心放逐物质，追逐生命质感。他们为了不分开不离别，探索全新的生命道德体系。不顾一切地追逐和得到，就是为最后一刻痛快撒手，他们相信人始终是生不带来死不带去的精神载体。

《你过分可爱》略带情色气息，但真诚坦荡，是生活带给人的最真实反射。或许可以质疑其中的内容，但是文学之下的生活却真实存在。受所处时代的局限，前几年创作的《你过分可爱》只是开启了对问题的关注。情色，将会是有趣而难于回避的生活问题。随着时代的变革，情色文化和色情间的界限会越来越模糊。好的文学作品，不仅要反映现实，还要去探索人生问题。无论过去还是未来，可以引导思想、牵引生活的走向，甚至预警有可能发生的集体性困境。我希望这部作品在表层生活之内，能够探讨今后城市青年的人生去向。我们这代人已和生活正面交火，绝大多数人在老辈人扶植下顺利立足，但若干年后社会的变革是否会让新一代人被动应战？我们的备战资源，随着时代变革逐年通胀，对前景的忧虑每天都被放大和具象。

在几十年前，老人们反复强调只要付出就会有回报。而从这些年开始，他们不曾预料恐怕很多人倾尽全力打拼也未必亦如从前般收获。越来越多的年轻人精神流浪，肉体发光。改变现实，活得更好是动力但不是方式或信仰。如果长久没有归宿，我们靠什么来平静内心，精神在何处落地开花？酒精、毒品、色情、赌博、暴力作为容易得来的灵魂驿站，会耐心、条理化地迎接青年人的到访。我是个作家，不愿直接为时代问题做注解。历来都是含蓄地表述社会问题，在未来日子里，我们这代人留下的遗产中可能有前几代都没有的。未来的子女，将如何处理上辈人留下的艳照和情爱录像？

《青春内幕》从创作小说开始，我就曾无数次冲动地想去写后记。拖了几年才动笔，是因为出版的过程也持续了好多年。它可以代表六年前我的创作状态，穿越多彩的风云之色，我和好友杜鹏、崔倩邂逅在某条熟悉的街道，却留一段缠绵的记忆后离开，这不超过二十分钟的相遇使我灵光乍现，也为我送来唐婉、高蕊、雨木等人的最初虚构，也便渐渐引出长篇小说《青春内幕》。与其说它带有浓重的私小说色彩，不如把它看作一段变记忆为永恒的美好旅程。我在写作之后，从来没有再回看作品。我生下的孩子，一贯让他们自生自灭。

整个故事无处不充盈怀念。我爱东棉花胡同所有人和生活，爱拥有同样情怀的老师和学生。小说中我曾写到，站在那不大的操场仰望夜空，犹如乘船漂流于命运之河，那就是永不复返的青春单程航线。我似乎身在江海之上，神归记忆之城。也许我创作整个小说，只为在此刻营造迷人的玩耍空间，这属于东棉花39号院的永恒拼图，愿一生和这些人玩耍青春游戏。在我的青春岁月中，最美好的时代就是大学时期了。那是个让青年人将艺术观和世界交融的年代，我并不在乎本科生活从教学中的收益，因为结缘知识可以多渠道、多时空。只要你想，不在学院上学也能获得你想要的多元素戏剧学知识。在中戏的校园中，有很多专业知识素养强大的研究生、博士生，他们骄傲于学历梯度，得益于高层次的镀金。但在我狭隘的世界里，从宿舍到食堂那段路胜过礼堂的红地毯。

我在《青春内幕》通俗而流行的书名下，构图青年时最为留恋的画卷，人物是岁月的道具，镂空一段光影的着色人生。2000年入学时，我的班主任是武亚军，那时他拍过大宝“都给我老爸用了”的广告家喻户晓。但很少有人知道一个当时青年的励志成长，他不喧嚣不躁动地创造生活主线。武亚军老师十年磨一剑，他的拔俗行迹既隐忍又传奇，眼见一个大智若愚的人低调升华入境，敬佩之情油然而生，我从武学角度蓦然顿悟，“无剑胜有剑”和“剑走偏锋”有着怎样的最终分野。于是《青春内幕》被时间无限放大与提升；灵觉成为创作原动力。在我修改《青春内幕》时，病友徐囡在不远处的世界，时常说她对镜梳头时，看不到镜中自己，此刻不知道她在世界哪个角落接受神奇治疗，她的善念与精神分裂并存，让全世界神经科专家迷失自我，在学术悬崖情痴云海；漫白始终是我的最佳读者，总说她没有天分，实则戏言，她对文学的热爱早胜过用天分标注；聪慧师妹黄思绮曾经给我的师哥造型涂抹巨大悬疑，那年东棉花胡同杨花雪落，未相识前我在胡同口呼喊她的名字，黄师妹惊悚狂奔掉大半个胡同，几百米奔跑的原因很多年后才被破解：“以为你是坏人，我又怎么能不逃跑？”我真是坏人吗？当学生会主席涂聪给我界定时说：“这世上只你一个坏人了。”优优老师倡导青年用才华闪耀生活与爱情，前不久她以缓缓语速为我修筑看不见的桥梁，通向何处已不重要，因为那时对面传来阵阵欢笑……这些记忆碎片，就是《青春内幕》的协同创作者，我基于中央戏剧学院的生活传统和文化传统，为自己和朋友们写作。

《青春内幕》谈到爱情和武术，也谈到青春与激情。关于爱，我能说的不多，在这个时代信仰爱情既幸福又危险，可我们仍要去信仰。我也把这句话带到了《非诚勿扰》的舞台上。或许是现实对我的触动、或许是写作时的责任感，让我疏远了生活中人们习惯的武侠模式。在中国武术渐渐形成文化移位的今天，我不愿意涉及太多空中飞人和剑气伤人的虚幻场面，人们已习惯于影视作品中树立的武学标准，很遗憾观念的谬误仍在延续。当中国武术被套路和竞技规则束缚，脱离生离死别的对抗，远离民族文化和历史渊源的一刻，就已失去本源生命力。当今中国武术面临四大问题：精神束缚、身体束缚、训练方法束缚和社会现实的束缚。我的武功远达不到小说主人公的造诣，但现实却并不悲观，前年我的师父张树新瞬间轻取世界自由搏击冠军，那一幕远比任何影视作品震撼，其实这不过是他多次面对一流搏击专家的又一次从容拷贝。武术在小说中是传统文化的象形和载体，我期待它的真正复兴，实质是传统文化的回黄转绿，而不是当世到处弥漫着形式和俗者的奢华。在几千年的文化传承背后，是中华民族真正的内在能量，是我们整个国家和人民应对世界变化的核心动力，如果我们放弃了这种自古传承的能量，无异于丧失生命意志。每次想到这里，小说家的职责溢于心头，虚弱呼喊无异于丛林中幼鸟的啼鸣。

从少年时，我努力想用文字点染绘制我多彩的灵魂，到今天深感压力和怯懦。面对时代和历史变革，成为文人或许会继续渺小。但我只偶尔悲观，因为就坚守而言，我的梦想高于一切。我热爱写作，在文学边缘化的今天，在出书成为博名逐利的时代，应当有人逆流而上。帕穆克曾说，他写作源自对很多人不满、现实生活在他的笔下经过改造才可以忍受。我延续这种激情，因为我与文学大师有缘，我曾用多丽丝莱·辛赠送的香水喷蚊子，曾以“无知者无畏”的愚勇向大江健三郎递上自己的第一本小说。还因为我想成为男人，时常有流血和颠覆世界的冲动，写作不仅能帮我实现这些，更能让父母感到荣耀，让更多人喜欢，让我养到无数美丽的蟒蚺……在心底，我永远渴望接近心目中的文学大师，拥有他们创作时汹涌的想象力，及死亡都无法扑灭的激情。埃内斯托·萨瓦托、胡安·鲁尔福、马尔克斯、卡彭铁尔、鲁迅、川端康成、大江、赫尔曼·黑塞、勃留索夫、保尔·瓦雷里、里尔克、奥克塔维奥·帕斯、勒克莱齐奥……这些名字在不同世界拥有相通血脉，我为能在身体里回荡起他们永恒的心跳而前行。

绝望的武林

很少有人真正懂得武术，大家了解江湖也是从文学影视作品中，现实生活中见过武术搏击的人万里挑一。这并不因为中国武术神秘，而是长久以来人们对武术的理解往往停滞在一种误区。我站在《非诚勿扰》的舞台上展示和表演拳法，被各种内外行欣赏、评论，为什么我突然笑了？因为我瞬间就看到了种种猜测、非议、玩笑、品评。我不是笑自己的场，是深明看客的内心世界。这就是当今人们对传统文化渐渐疏离的现状，中国武术是传统文化的重要一脉，正所谓内行人看门道，外行人看热闹。我很清楚骂我的是打不过我的，比我厉害的根本不屑言语上争锋。习武十年，我也明白什么人可以打，什么人该虚心请教。

我们知道很多拳种，无论本土的、外来的，常常比较他们到底谁厉害。有人说泰森无敌；有人视泰拳为至尊；有人迷信黑拳、铁笼；有人感慨黄飞鸿传奇；有人崇拜李小龙；有人追忆董海川、车毅斋、杨露禅。那么到底他们谁厉害呢？我不知道，也没人知道，大家只是在抬杠中消磨多余精力。这不是高下的评判，其实是酷爱武术的人们，各自内心需求的审美差异。

飞檐走壁的侠客，在体育行业规定的动作前，可能远远逊色于体操运动员。厮打或搏击的结果严格说和轻功也并无多大关联，拉动卡车的大力士、举重强人，一旦发生冲突，很容易丧命于抢劫犯的匕首下，因为运动神经和搏击神经是两个不同的训练体系。刀枪不入的脖子，碎大石的胸口，踢不爆的铁档功更是用不着对手，久而久之随着年华老去“武功”会自废。因为训练这些现场效果的初衷，就是凭着年轻体壮加之技巧赢得大家的眼球，更为赢得大把大把的金钱。很多“大师”自喻拥有常人无法想象的绝技：一拳打碎地壳，一脚踢落繁星，随手抓苍蝇，回身撕树叶……其实，这除了说明他打碎地壳、踢繁星、撕树叶、抓苍蝇这些虎虎生风的表演动作外，别的任何都不能说明。中国武术有着辉煌的历史，它在千年的人类生死搏击中，以科学唯物的实践方式，调动人在瞬间爆发出不可想象的打击力量。当然这种力量要通过人体精神与形态的契合训练，渐渐地被掌握，渐渐地应用于搏击和实战。

我不是学术上的专家，也没有做过专项理论上的课题研究。我只能在我局限的十年练武期间和江湖游走中对我经历的事情做些总结，陈述一些现象留着给别人下结论。旧中国任何一种遗留下来的拳法技艺，都将最终归向中国武术。从字面上理解“武术”，可以简单拆解成“用力的方法”，如果用修辞我喜欢比喻成“战争”，所以当众表演任何一种武术都是不现实的，因为战争很真实、很残酷。我所理解的拳法展示，其实是给大家演示训练方法和过程，那就回到刚才那句话的原点，即内行看门道外行看热闹了。

《非诚勿扰》的舞台上来过不少会武术拳脚的，或者有搏击特长的，如果硬要论高下，那么制定规则者和创造条件者会赢。对我个人而言，我很谨慎，也不想在口头上藐视任何对手，也懒得因为失言找来没有意义的交流对手。这样的交流尝试过几次足够了。总之，我只按照我的规则来进行对抗，打不赢的话我根本不会动手。“武”在这时是实力硬性参数，创造打击条件则在“术”的范畴下。中国人很“坏”，但凡中国大师级的武术家就更“坏”了，他们的英雄气概和武德标准不是普通老百姓在崇拜中所想象的，他们的情感、思维、阅历是极其丰富的，不是大众仰慕的脸谱化概念化的偶像。最高武德是在胜利者和活下来的人之间产生的，人类社会就是这样，英雄亦然。

在舞台上的时间有限，我其实很想多聊聊武术，聊聊当代江湖里的大师是怎么形成的。毕竟我是一个涉足武林的作家，当年我从群众中来，行走了江湖，现在要谈论它还得回到群众中去。从古至今大师都是在口口相传中诞生的，特别是古代和近代，成了名的侠客和剑客谁都要靠口碑。大家闻名多，见面少，至于交流和比武可能都在名声里被消化了。如今这个社会，整个武林界鱼龙混杂得厉害，纯粹的东西很少了，真正意义上的武术家需要拿着显微镜寻找了。

成名于江湖，就跟练拳本身一样，需要武和术并用。中国武术的拳种派别很难找到同一标准，但成名法则却很清晰。接下来我要情景再现特定类别下大师的养成路线。有圈定，不能因为九成九的伪大师损害零点一成的真正武术家，我还要维护真正武术爱好者的群体声誉。假设我是一名想成为名家的武术爱好者，我第一步要选择所要练习的拳种，至于怎么选择要看电视、报纸、杂志宣传，还有口碑。中国的武术有太极、形意、八卦等，选定之后要寻师父访名家，师父名气大、辈分高对江湖身份来说特别有利，因为全国各地同一拳种师承速度不同，如果师父选得好可能二十几岁的你就能成为好多五十几岁前辈的师叔了。有的拳，去山西拜完了师，可能回北京会大大受用。中国是礼仪之邦，这样的优势特别不同凡响。方向和门第都找到后，就要开始练功。我反对毫无实力的虚名，瓶子里无水也很难“晃荡”，名不副实的大师虽然很多，但完全不了解武术的也很少。入门后就是学习了，现在专职练传统武术的很少，这也是练传统武术的经常输给竞技体育搏击的一大原因，因绝对时间上的不足造成了劣势。在学拳的过程中，师父会带着徒弟出席各种官方和非官方的聚会、沙龙，比如武术家协会或者江湖社交圈，这时候师父的师父就很重要了，武术的血统论，在当今甚至是价值的体现。出身名门，会给后辈人带来不可轻视的光环，会让你令人不解的一举一动都被视为高深。在江湖出现久了，你的名字也会渐渐流传，用不了几年大家都会知道你。如果有长辈赞美你，名声会迅速流传，包括拳法功力在内的一切都会于传言中扩大乃至神化。当你声名远扬时，别人就心生畏惧了。况且你是名师的高徒，辈分又高，晚辈不敢也不能轻易与你切磋，同辈人各自背负数十年的名声，万一有闪失特别不值，所以“高手”很快就此诞生。接下来要做的是多和名人合影，先是武术界的各位前辈，想见到他们并不难，再就是参加各派别的老前辈寿辰或者葬礼，出礼金和红包没有人拒绝。这样比一拳一脚地打不知省了多少力气。多和大师在一起，你不是“大师”至少也是一个“名家”了。在这时候一定要在武术杂志上多发表论文，你有身份、有红包，又加上有情真意切的武术热情，一切都会变得简单。至于理论难题，都不是问题，历史文献摆在图书馆和书店，别人的中文翻译成你的中文就是全新的拳理。新手“迷信”权威，无论你怎么说他们都会研究；老辈不会和你计较，因为有了威望你就是可以拉拢和利用的势力。随着岁月流逝，徒弟也会熬成师父，收有社会地位、经济地位、能玩命、有文化的几类徒弟很重要，他们的身份就是师父的保护伞，万一动手可以让徒弟出马。徒弟的数量也很重要，有十几、二十能保证形象，成百上千可以造成威势，数以万计将稳坐武林前辈之交椅而无需伸手。然后叫板一些根本就打不到的对手，比如泰森、刘易斯、泰拳王什么的，因为他们根本不会和你动手。你在这时可以考虑不动一刀一枪的武林晚年生活。要么办个金盆洗手大会宣布退隐江湖，这个年龄可以下至三十上到八十；还有就是从“技击”转向“养生”，渴望生命延续是所有百姓的弱点，特别是武术医学的神秘让人神魂颠倒。所以养生“大师”是武术“大师”最佳的安全阀门。至此，你可以坦坦荡荡地在中国武术界树立名望……

我很严肃而戏谑地讲述了极端版武学大师的形成，有鲜明的代表性但不绝对。武术文化在中国延续千年，通家虽少但却真实存在。虽然受和谐时代的制约，但真的大师还是存在的。中国武术对人的要求很高，首先是兽性，精神深处的奔放和暴力是学武术最基本的条件。人只有在被还原到最初的动物状态时，才可以谈技击和搏杀。回到你死我活的自然界，原本被时代和进化束缚的潜能才可以释放。为了让这种低层次的原始潜能释放，文化和知识的修养是不可缺少的条件，领悟和创新前辈的拳理需要很高的文化素质。精神和体魄要在文化的前提下野蛮到疯狂，一拳一脚，一招一式要体现生死搏击展现出的狞丽之美。普通人学拳容易越练越窄，文化人练武容易产生幻视幻觉，血淋淋的交流和实践在今日的法治社会并不和谐。好在英雄并非难寻用武之地，见义勇为似乎提供了实践契机，但罪犯和坏人毕竟是少数，真有不测事件发生，未必能让你遇见。如果单纯追求养生，习武肯定是不错的选择，但就武术的本源意义而言，这肯定出现了一个不可回避的现实矛盾。没有实践的理论，指导着闭门造车的劝学，培养的是精神世界的拳术浪人，培养的是狭隘世界的自我满足感。当传统武术碰撞竞技体育搏击，惨痛的不是结果，是起点就谬误了。

中国武术最繁荣的时代是民国，那个你死我活、军阀混战、硝烟四起、丛林法则为主导的历史时期诞生了不少过硬的传统武术名家。但他们同样要依附权贵，仰仗政治势力，这不是学武人的悲哀，却是现实社会的残酷。神话之下，是人情世故的冰冷写实。凡历史上流传下来的武术名家，非英雄即枭雄，与人为善或宽宏武德都是基本生存手段。真正武术家的精神世界有着和政治家相同的血脉，试问他们有侠义可言吗？我对武侠心怀向往，是内心正义基因的真情流露，如果你走上武学道路，会发现每走一步都需要经营和维护，在人学上的进程甚至高过武学进境。你可以远离江湖，但视野、情怀、胸襟、隐忍、韬晦等和拳学进境相同的素质，肯定会难于历练，你说关起门潜心修炼武功数十年，可没有实践检验，一切拳学真是浪费生命。武术很大程度是要靠对手塑造，毫不夸张地说对手给你的进步大过老师。中国武术难于理解和把握是因为太综合了，名家很多，但通家极少。武术家，也是大自然不欺人心的、伟大的立体创造！

我身为一个练武之人，在这本以相亲节目为选题的书中讲了好多真话，不知道讲明白了多少人，又惹怒了多少专家。说真话要得罪人，尽管我做了很大程度的修饰和处理，可是这是我自己白纸和键盘的主场。我搭建了话语的平台，用来宣传十年来在北京武术界的意向化见闻，有针对性，但没有泄露压在心底更丑陋和使之蒙羞的见闻。同时，又有很多实战型武术前辈因为逊于言论，招致诋毁和污蔑，你活着的时候我们环绕、追捧你，等你死后诽谤、诋毁你。有心人可以从那些被诋毁得多的武术大师身上寻找闪耀之处，但凡在人品、政见、民族大义上遭到谩骂和攻击的武术家，可能隐藏着今世都无法解读的文化遗产。拳理拳论指明的是方向和道路，并非是训练方法，这是今天武术爱好者最为难以分辨的。我的感慨本打算只给外人阅读，不谈门派为的是交流和沟通。倘若我强调所学，轻则招致其他门派腹诽，重则也会让同门心生怨恨。我只好回到作家身份，以局外人的叙述评点现实。对于日夜痴迷、执着的武术爱好者，不知会起到怎样的作用。

我始终是热爱武术的，尽管它一天天在脱离移位于文化本源，但我坚信总有一天历史的需要会让中国武术回归，那不是人们的呐喊，也不是专家的呼吁和文化的溯源，而是一个既伟大而又文明的历史轮回。我相信人的野性在高度文明后会以一种今日还无法定论的方式回归，野兽的影子会演变成人性纵横捭阖。中国武术作为传统文化最易实证的代表，遭受赤裸裸的写真，实在是无奈。我们其他领域的学术何尝不会遭遇如此险境？医学、科学和更多领域的通病都是可见一斑。在最初日子里，我只是因为身心好斗才接触武术，没想到多年经历探求出严峻的文化现实，不知是悲喜福祸。

节目播出

《非诚勿扰》从录制现场到电视播出通常间隔四期，在这一个月里，编导会对影像进行剪辑，同时接受栏目和江苏卫视领导的审查。我在2012年2月25日录完节目，桑洁便开始投入后期制作当中。作为档期的责任编导，桑洁按照所有男嘉宾的风格和节目效果，重新打乱出场顺序。我原本是第三位上台，在制作中变换为四号男嘉宾。本来作为替补的六号宁方平因和台湾妹妹牵手成功，被顺延到下一期节目中。

2月26日，我拿着节目组免费赠送的高铁车票返回，在车厢上我碰到要在北京转车的宁方平。他在和台湾妹妹牵手并短暂相聚后，她回到上海，两人开始了漫长而未知的南北相望。

宁方平比我岁数大，也更传统，我看着他西服裤腿里溜出来的红毛裤，更坚信了判断。桑洁对他牵手特别惊喜，“完全出乎意料！场上最激动的莫过于当23盏灯全部熄灭，唯一一盏留灯是心动女生的！”宁方平也没想到会有如此戏剧性结尾，他猜测可能是台湾妹妹刚上台，晕着上来又晕着下去了。节目播出时，还有很多观众质疑这个结局是节目组安排的，其实完全是自然选择的结果。宁方平在火车经过廊坊时，很遗憾地说台湾妹妹留灯又突然后悔了。她觉得距离上的问题太大了。宁方平看着车窗外，久久陷入沉思。我问他想什么，他不确定爱琴海之旅是否还能出现。我说：“昨晚上大家出来吃火锅，你们为什么不来呢？”我暗示地看着他。宁方平完全没领会。

录完现场的当天晚上，我在师妹李甜甜的带领下，游荡秦淮河和夫子庙，感觉跟北京王府井相似。我探查着空气中的“小吃分子”，初步判定这完全是给外地游客准备的。李师妹一边逛、一边讲解，我则欣赏南京夜景。直到驯兽师黄路德给我打电话，说史名贵为庆祝牵手邀请大家吃火锅。黄路德特意嘱咐就差我一个了。我和甜甜师妹告别，参加了档期男嘉宾的聚会。

我猜想黄路德跟所有人都这么讲，就差你了。驯兽师热情洋溢，他用杯酒释怀，一再鼓励我和景德镇瓷器哥要振奋、要重拾信心。我也不解释了，哪里有那么严重！驯兽师让史名贵和陈婷坐在对面，一个女嘉宾还带来了另外的“女嘉宾”。当时我并不知道，这个女孩儿曾经站在女嘉宾的位置录制了节目，但因为试图“色诱”男编导被驱逐。外界曾有传闻，说任何剧组都有潜规则现象，《非诚勿扰》女嘉宾也会怎样。其实现实并非如此，作为亲历的我，见证了一切。这位肯定不愿意被透露姓名的女嘉宾，为了和编导套近乎，发去了以自己换取留在舞台上资格的短信。年轻、诚实、敬业的男编导第一时间将短信呈现给了领导，于是栏目组做出了对“女嘉宾”取消录播的惩罚。在《非诚勿扰》的工作环境中，有着明确的企业法令，禁止工作人员和男女嘉宾有任何瓜葛，违者一律劝退。所以，那些传男女嘉宾与节目如何如何的，完全是臆想。身在全国综合娱乐类收视冠军的栏目，每位成员对工作的珍视和责任感让他们不容有半点闪失。

驯兽师被“没能迷倒男编导”的女孩儿吸引，吃饭时不停地倒酒，饭后积极合影。他用特别羡慕的眼神看史名贵与陈婷，关心两人的前途和未来。史名贵是个干净、透明、羞涩的大男孩儿，他面对即将开始的关系完全不知所向。我简单问问奶茶店情况，她用更简单语言的回答。陈婷的奶茶店在北京的昌平区，自己住南三环。我观察她，笑了笑不再说任何话。景德镇瓷器哥也很喜欢她们，他和驯兽师互相协助对方拍照。

大家谈到宁方平，各种猜想和玩笑说个不停，史名贵认为他们应该去酒吧继续沟通，驯兽师感叹地分析，“看着宁方平不声不响的，搞出这么大动作，真不知道他们在干什么！嗨！不管他们啦！我们喝我们的！”其实，宁方平那天累了，他只不过趴在床上和台湾妹妹发短信，然后就睡着了。

我在北京南站和宁方平告别，一起期待节目播出的日子。此刻，驯兽师黄路德正在去往机场的路上，他还在微信里不停地遗憾着，幸福被那只不听话的泰迪给毁了；回答了太多熊和熊胆的问题把爱情耽误了；如果上天再给他一次机会肯定好好表现。在此后的一个月里，我经常被问到在南京的情况和节目播出日期。

在南京是一次和陌生人的聚会，回到北京，我希望能来场熟人的。年初，我出版了写爱情和武术的小说《青春内幕》，所以决定在3月24日和朋友一起看节目并送大家书。我在三月中的微博上发消息，邀请同学和朋友于节目播出日来平安大街中华文学基金会的二楼大会议室看《非诚勿扰》。我开始用各种方式发出邀请，从电话、短信到微博、微信，我希望在3月24日当天能以自己微弱之力让大家欢笑一把。我还在养蟒的论坛上，发出节目预报，说王欢将把科学、人文宠物观念带到收视率极高的《非诚勿扰》，借此机会让更多人消除对冷血动物的误解，短短一天时间就有三千多人关注。

我上《非诚勿扰》在朋友和熟人中引起轰动……中戏的老师和同学关注了整个过程，其他亲朋好友多数关心最终结果，我的亲人则期待在台上看到不一样的王欢。就此，我对同样的问题，回答了数百遍仍不失耐心。由于各种原因3月24日能到场观看电视播出的只是很小一部分，大多数人有各种原因只有分散观看。很多人都是集体性围观。小芭蕾虽然和我老死不相往来，但是她的同学很多跟我相处得不错，谭谭、阿斐、刘宇还有当时远在美国的张雨都摩拳擦掌等待节目，她们特想知道我在VCR中是怎么谈往事和恋爱的；我中戏同寝室的杨硕娶了“新丝路”的模特当老婆，节目播出当天在他家里开了分会场，他家的房高四米多，因为经常有很多一米八多的女孩儿出入；在VCR当天放我鸽子的刘小卡正好赶上生日，她的生日会中一个很重要的节目变成了围观师哥相亲。刘小卡在微博上“@”了很多人，她名字是：对不起我是大哥的女人。以前我曾经赞美她微博名字起得好，如果是我，只能起：对不起我是大家的女人；我三十多位师兄弟，也期待二师兄的意拳究竟会以怎样方式呈现在竞争舞台……

在很多观众中，还有那些我很期待却无法预知的组合，比如小芭蕾她们会不会看到？如此邂逅又会让昔日和我相处融洽的小舅妈一家人想些什么？还有就是书记全家的观众群，她姐姐早已经把“阶级敌人”电视相亲的消息发布，书记爸妈也会第一次正面从火爆的《非诚勿扰》中见到王欢，毕竟在现实生活里他们是害怕和最不愿意“接见”我的。一想到这些，我无比兴奋，往日那种不平心理和愤然的情绪也随之淡化了。我知道全国观众会给出书记爸妈无法否定的评价。我勇敢地把人生最真实的一面抛向舞台，长时间来的压抑和不甘将得到释放。

3月24日下午，大家纷纷来到平安大街。最先到来的是《让子弹飞》和《太阳照常升起》的制片人张强，他携手女友张妍，表示要深度围观我在台上被女嘉宾

“非礼”。他们两个都是我中戏同学，张妍是制片专业，现在做应采儿的经纪人。两人共同见证了我在困难时期是如何被书记拒绝相见的，又共同期待我在《非诚勿扰》上被女嘉宾“蹂躏”，他们从制片人的角度期待这场节目；随后《文艺报》记者王觅同志也来了，他对新书的兴趣大过节目本身，认为我经历一次非凡的冒险行动。我们上次见面是在人民大会堂聆听总书记的报告；师弟“瘸子”夫妇、韩笑夫妇、黄师妹和她老公，师妹刘雅、柳絮纷纷赶到，大家觉得我的勇气非凡，为了让大家度过一个欢乐的春天“奉献”了自己的身躯；迪哥和刘珣、演员曾培依次上楼。这对儿组合比较厚道……我客串服务员，承担起服侍和照顾观众的工作……原学生会主席涂聪携女友出现时，全场都惊爆了，因为过去大家都觉得我们每天在一起非常合适。如今他找到了女友，我也上了《非诚勿扰》，让人多少有点悲凉感；《养蟒手记》的现实主人公，冯迪开跑车悄悄来到楼下，他偷偷叫我下去。他不敢和其他人打招呼，主要是因为上过在北京地区午间收视率冠军的《法制进行时》，作为法治节目的男主角，冯迪出入海关仓库曾如入无人之境。《非诚勿扰》对他来说有些陌生，他一直怀疑“上面的妞儿真的有那么好吗”？

书记坐在观众当中，不知道是怎样的心情。她不喜不恼地盯着电视。我问她，是不是你爸妈早坐在电视前等着看了？作为一个男人，我肯定无法体会此时书记的内心，她是否集中记起那些我送她去相亲的日子？书记也不知道如何与自己达成和解，以局外人视角看我相亲。迪哥坐在书记身边，试探着问她如果王欢真牵手了怎么办？书记指指电视，“呶，他就要出来了。”与此同时，我接到父亲电话，就连不下床的母亲也挣扎着爬起来坐到沙发上，3月24日的《非诚勿扰》她决定不止听听声音了。我的电话从此刻开始，就没再停过……

随着音乐声我从电梯下来，身边一阵欢呼和口哨声，电视里的我，脸比平时大也胖。大家在我身边纷纷掏出手机拍照、发微博，我的微博随之也活跃起来。当我站在孟非身边选心动女生时，他们开始抛出各种问题。比如，为什么不选十一号邢星？她看上去很漂亮；

为什么不选十二号谢羽亿？她眼睛那么大；那个吴瑜你为什么不“调戏”她？为什么她们觉得你是那样一个人？为什么你不从裤子里变出条蛇？……

我逐一回答问题：“不选邢星的理由是我不想在全国观众面前证明我情商低，况且她下山的时机还没有成熟；我不选谢羽亿的理由是，我不喝洋酒不逛夜店，向来和这种风格的女孩儿绝缘，何必自己捡起石头往头上撞；吴瑜是个女作家，当时她是整个《非诚勿扰》的炮灰，所有攻击栏目的人几乎都从她下嘴。”但我觉得她是个刀子嘴豆腐心的人。攻击性的舞台形象是吴瑜的自我定位，真人或许并不这样。在全国观众面前追求女作家，我，不要。况且女作家们手里都拿着看不见的刀，真人还躲在舞台形象之后；我不知道女嘉宾眼中的我是怎样，所以写这段时给刘佳妮发了个微信。可惜我没能和她在现场对话。两个月前她跟我说，当时举手了，可一直没被叫到。我准备用李白的一句名言来形容她了，那就是“大贤虎变愚不测，当年颇似寻常人”。刘佳妮同志“刀法”不俗。2月25日的她还隐藏在那里，我当时并没发现《非诚勿扰》舞台上她是一个将气质、风情、智慧，分寸、语速完美结合的优秀女人，可是发现了又怎样啊！

坦诚地说，我选心动女生时没有心动，只是在完成规定流程。这个决定倒像是人在一定年龄阶段，迫于形势找个人来当作婚姻另一半。无论是看后台监视器还是站在舞台上，我没对任何一位女嘉宾心动。并不是我故作清高，而是舞台制造的障碍，让我没法接近真实中的她们。我从来对舞台形象不入戏，只感动于现实、生活中真实的人和细节。男女嘉宾相互面对，其实是场聚光灯下不遮脸的面具舞会。台上站得久，女嘉宾很容易忘记本来面目。初上台来的男嘉宾会被幻化的舞台造型所迷离。

VCR中出现蟒蛇时，我身边也是一阵惊呼，这天和我围坐在电视机前的好友和同学，几乎都没有近距离接触过我的蟒。台上和台下同时展开了关于蟒蛇的话题，我知道会这样，这些来自地球角落的冷血尤物会造成视觉冲击和情绪波动，而且会迅速将话语主导权交还到我手里，这个舞台无论出现怎样的男嘉宾，基本上都躲不开三位老师的“精神笼罩”。但由于我在现场上的三个元素：蟒蛇、武术、写作都在笼罩范围之外，所以没有像以往那样形成生动的碰撞型交流。至于女嘉宾，更难深入和我探讨眼前呈现的话题，简单说就是我和她们没有形成真实意义上的对话。

我的同学不约而同发现吴瑜那天格外友善，没有对我进行攻击，而前后几期她对男嘉宾都“万箭齐发”。吴瑜那天说“文人相轻”，可能是因为南方口音，我听成了“文人相亲”。当时我跟乐嘉一样，脑子里出现的是亲的动词用法。两个文人亲，我觉得不好，自古都是才子佳人才有戏看，两个才子亲到一处属于特定人群的审美范畴。当我明白是“相轻”已经晚了，如果这是一个可以引发争议的话题。我很坦诚地讲，不光文人相轻正常，画家、书法家、雕塑家也应该同样相轻。任何艺术都该有条件地唯我独尊，因为你是缔造者而不是尊崇者。这和做学问的谦恭哲学正好相反。

师妹刘雅和柳絮为我在舞台上表演的意拳，取名

“情意绵绵掌”，当拳起众人笑时，反应最激烈的还是吴瑜。她除了说我武林奇葩，也没有可以深入下刀的了。我游走在当代武林江湖十年，她却是第一次接触传统武术。所以习惯性的攻击姿态，并没有引发言语上的冲突。其实无论怎样，吴瑜和我在台上都不会争吵起来的。换作生活里，就更不会了。我不会把她当女作家对待。就像和其他漂亮女孩儿打交道，我经常把她们当女作家，女人有真实的一面挺可爱，关键在于你要呈现怎样的反光介质。我身边的冯迪就特别喜欢吴瑜，在他眼中当时二十四位女嘉宾只有她吸引眼球，他对吴瑜的身材念念不忘。冯迪疑似初中毕业，却迷恋女作家“深V”之下的“文学作品”。

我身边的观众已经无心观看二十四盏灯熄灭的过程，他们和她们更关注的是屏幕外大家怎么看我。每个人都抱着手机看微博、发微博，我很正常地享受着被关注的快乐。学生会主席涂聪站在电视机前，让我拍下他与电视里的王欢的合影。我爸爸又打来电话，他觉得我表现得不错，除了开始有些紧张。我爸还详细描述了我妈观看时的状态：她居然坐着看完了十七分钟我的出场，始终笑眯眯地，有几次还想站起来凑近看，但身不由已了。她觉得儿子挺帅，就是不知道在台上干了什么。她对我能否牵手毫不在意，妈妈觉得电视里的我很近，因为从小到大她都喜欢我陪伴在身边。为什么会有这样的感觉，现在想来是癌细胞在扩散，在多发性转移，在逐渐拉她和我远离。

很多人分析最终灭灯的原因是蟒蛇，是我显得不成熟而无法依靠，是我渴望获得诺贝尔文学奖的梦想。我认为这都是现象，站在舞台上的女嘉宾，已经习惯她们观察和选择男嘉宾的角度和模式。她们对未知的东西不愿意把握，更无法说服自已。至于蟒蛇，是借口，是自已都无法发觉的推辞；她们对成熟男人形象是有标准的，很亮的皮鞋、光顺的西装衬衫、声音、语速、语气，看得到或者足够幻想的物质基础。而我，站在那，拥有什么都没写在身上。

我知道这才是集中灭灯的原因，她们的调频多数在中波，而我的信号大范围辐射在短波。那感觉是我羞涩紧张地来到台上，再悠悠荡荡离去，有回味却无从总结概括我是怎样。后来我从观众的眼中了解的王欢，是我自己和身边人都不熟悉的王欢了。我的内心和灵魂并不是这么清淡，舞台现场的灯光和观众将我的限制级元素过滤了。

书记坐在热闹的观众中，冷静地微笑着，她知道我又将两人的感情推到了新的高度。她对我牵不牵手同样不在意，那个舞台上的王欢和她身边的不是一个人，所以台上出现怎样的情况都不会进入她的世界。我看着书记，掠过所有的亲友，只有一句话想说。她明白我的意思，我眼里的对抗情绪让她回避答案。我的冷静和从容，是在询问“爱情拆迁办”有怎样的观后感。书记说，不光爸妈看完发了短信，就连叔叔大爷也在奶奶家看了我，大家反响都很好。

“你爸说什么？”

“觉得你不错，真的！”

“不再反对了？”

“还是反对，我的执着都是遗传来的呀，欢欢师哥！这下你把我前段欠你的，都要回去了吧！”

3月24日临近尾声时，家里电话和父亲的手机如同除夕之夜般热闹起来。从节目开始就没有停下，那些从生活里消失甚至被遗忘的人全出现了。从幼儿园阿姨、小学同学家长、中学老师、小区物业、编辑记者、销售、各时期的单位同事、领导到亲戚朋友的亲戚朋友……我爸回答各种问题一直到天亮。我的电话被短信发得没电了，电话没接几个就关机了，瞬间微博像被陌生的马甲广泛地入侵了一样。《非诚勿扰》的影响力太大了，我觉得栏目要是附带通缉什么人，一定比任何渠道都有效。什么A类B类通缉犯，要是在节目中插播肯定瞬间被发现。那些平日里把我遗忘或彻底丢入记忆废件箱的人，重新焕发了对王欢的热情。一切像被施了魔法，很多人的出现无任何征兆，给我太多的惊喜。这个晚上注定是不眠夜，我已经无力去分辨联系我的是男人还是女人了，至于相亲交友的主题早都被淹没了。

我在《非诚勿扰》的突然现身，不仅给自己的情感带来无限契机，也让《青春内幕》销售业绩瞬间飙升。《养蟒手记》原发在大型文学期刊《中国作家》纪实版，我几天内收到朋友、蛇友和宠物爱好者的各种联系，有的甚至把钱汇来购买，我无法一一解释，只好通过微博、短信告诉大家书还未出版，我买的几十本杂志早已赠空。而以前出版的《蓝色迷情》《爱曾如海 浪也白头》在孔夫子旧书网上也被抢购一空。我上网查阅《青春内幕》的销售情况，无论是在当当还是卓越、亚马逊网都疯狂飙升……

很多编辑和出版社也开始联系我，我单纯凭直觉选择了唯一一个见面对象，她是中央广播电视大学出版社的林鸿雁。林鸿雁不是单纯的编辑，但有着无限工作热情、灵感和执着，我从她身上找到了当初写小说时的影子。当时母亲正在协和医院治疗，我就和她在东单的“仙踪林”坐下来聊小说。她要把《养蟒手记》和《你过分可爱》出版成精装版的书籍，并坦言这是她编辑的处女作。我感动于她的真诚和工作精神，后来推掉了多家出版社和书商更优厚的条件。事实证明我的选择是对的……

我的意拳我的师父

《非诚勿扰》里我的师傅张树新出镜和我演示完大成拳的试力之后（电视里字幕错打为“示例”），在我们武术同门和整个意拳界都引起了很大的反响。在这里我必须谈一谈我的师父，他有着极富传奇色彩的习武人生，是中国名副其实的杰出武学大师，最优秀的搏击专家之一。

我还在很小时，就对武术产生迷恋。这是男孩子特有的情结，想法很简单，我就是因为不愿被别人欺负，才需要系统化、理论化的习武。我和形意拳没有缘分，虽然父亲有朋友是此名家的弟子。我家的长辈中，也有醉鬼张三的嫡传。但早在幼儿园时我就经过无数行家的身体素质检验，他们测定我的手腕不适合练武，让我放弃这条路。当时在东单三条幼儿园上中班的我，身材矮小，已经可以轻松战胜比我高一班的学长了。可是他们却还在迷信“伤腕子”的末节，其实到现在，掰手腕时我连很多女孩儿也赢不了，可是仍不能阻止我在实战中把不少看似勇猛的壮汉瞬间打倒。这种带有狞丽之美的野蛮事例就不列举了。其实我胆小，太极拳和我也没有缘分，虽然在很早时我就接触它了。记得上小学时，我爸骑车带我上学，总在小区附近的街心花园看到一个人在练拳，后来他开始在同样的地点教儿子站桩摸劲儿。我偷偷观察了他们一段时间，他却没发觉。我找了一个自己觉得很舒服的早晨，突然前去拜访。多虚伪的说法，其实就是踢场子，我还是看好了有把握才去的。他的拳龄肯定大过我的年龄，可这不是问题。我是看到他身上的不足和误区才敢去的，这不是交流，是对自己的判断力和所学给予印证。真正的交流我应该是在没有把握或者根本看不清局势下进行的。

一般情况下，我找别人交流都会以围观形式进行。师父曾经说，只有同样练武的人才会盯着另外一个人长时间看，路人凭兴趣也就是看几眼的事。我在很小时候，一直对家附近的这位练拳人有些敬畏，我觉得能这样数十年如一日的晨练，必定是武林高手。所以，当这天我站到他身边时心情挺激动的。我先看他身上的间架支撑、劲力传导，再看移动中形神意力的均整和破体。我站在后面可能让老先生很不舒服了，但他还是坚持着背对着我。我慢慢走了过去，站在他的侧面双手垂立，距离近到接近挑衅了。又过了一段时间，他实在觉得不自然了，很尴尬地问："你也练吗？练的是什么？"我挺高兴的，因为我在边上站这么半天他却不知道我什么来路，而我则把他看了个够。"我学习站桩呢，这些年，我一直就在看您练习，是太极形意还是八卦？"我不傻装傻。他放松了许多了，表示是某内氏家拳……

（此处必须打马赛克，否则会引发口水，打马赛克有助于武术界共建“和谐社会”。之前我对武林的个性化解读，肯定已经惹事，幸好是这个年代，要是放回历史我得砸碎了多少人饭碗，出门得挨多少袖箭、梭镖、飞蝗石？）

我做了好多铺垫，都是先礼后兵的战前准备，才决定抬手靠近他的间架。其实这有点违背师父的教诲，假如这是我的几个师叔伯，他们早下手开打了。师父以前说推手只有师兄弟间才有，同门叫断手，外人来就更不用客气，武德自有体现的合理方式，练武的迂腐要断骨送命。今天我肯定是不能上来就野性释放，我在确定他的平台无危险时才涉足的。我发现这位长辈痴迷“定步推手”，我就尝试着变换步伐，然后往他身后绕。很快他端着的劲儿就散乱了，在运动中他总想等我的力点出尖好“四两拨千斤”，但我不会也不可能给对方这个机会，天下武功只有力大打力小，速度快打速度慢，这是中西不变的真理。不同之处在于点状还是线状的发力方式。我今天是“犯坏”来的，所以不谈输赢。我只要一个结果，试试在陪伴我成长的神秘武学前辈身上，凝结了多少岁月的神话和想象？

当然我和同门师兄弟都有过挨揍经历，2004年我在日坛公园被一位身高一米九二的德国空手道四段高手摔得无比疼痛，但第二次他就没那么容易了，我们折腾了一会儿双双倒地，那一次我让他感受到中国意拳的神奇，因为我比他整整矮了二十公分，体重更悬殊。我不怕失败，但一定要明白是怎么失败的。其实很多时候是师父给我创造的这种机会，他用硬性挫折来历练我们。他看我们打人时笑，看我们被打时一样笑。师父总说，又打不死，怕什么啊？

我之所以能用这种判断去审时度势还要感谢师父，他是清华大学美术学院的教授和研究生导师，他的专业是染织，但他的武学造诣和境界是当世少有的。他这一生就是为武术而来，所有才情、感悟、灵性全都释放在武术上了。题外话，徒弟怎么吹捧师父都是天经地义的，关键看师父有没有这个实质。我手上有2008年师父在偶然间轻松打倒当年武术世界自由搏击冠军的视频，和现今网上流传的各种“大师VS徒弟”版本有天壤之别。

师父学拳经历和很多流传的历史名家相似，经历了东奔西走的武学童年……这样的故事我就不再重复了。我想说他和很多名家不同的是，他身上属于自己师父——意拳创始人女儿王玉芳大师的武学并不多，他不以继承了自己师父多少武学为成就。师爷王玉芳大师给师父最大的帮助是让他融会贯通了大成拳拳学上的空灵之美，这在第二代意拳人身上王玉芳是独有的。其实，我师父在学武前就已经非常善战，他对搏击的迷恋和天赋是与生俱来的。他属于不练拳也能打翻好多练家的那种人。听师母讲，初中时师父就喜欢和学校内外有名的人切磋武功，这么说好听，其实就是打架。师父后来打得差不多了，就开始跟附近练武术的人接触，他从来不迷信你练过什么，师父会用他的智慧解决对手的武学。青年时代，师父就喜欢把拳学目标对准名家。师母跟他的感情是从很小时就培养起来的，她常伴他左右，看他打人和挨打。师父从来不提及年轻时自己失手的经历，师母会跟我们讲，但每次失败都会给师父的武功带来巨大飞跃。他拳学之境的逆商极高，主要是可以把失败原因系统归纳，然后迅速转化为通向成功的正能量。我想这不仅是武学上的，正确的变通方式适用于任何领域。

作为师父的作家徒弟，我不会机械地记录师父这几十年来的实战经历，当今整个武林，像他这样随时可以动手的名家几乎没有了。以前在学院负责招生工作时，他每次利用出差机会遍访当地武林高手，这是一般习武之人很忌讳也很难做到的。他有时是为了印证自己所学，有时是为了从对手身上拿东西。这是他提升自己的一种方式，他的一切精进都紧紧跟随勇于实践的步伐。被师父打败过的武术和搏击名家不胜枚举，国内国外的，总之他结下很多“仇人”。师父一贯低调，他的很多战绩其实早已被他人口口相传而已经名噪武林。毕竟师父不需要用名声去收获拳学上那些他认为不该得到的东西。他是一个很真实的人，在大学讲台上倍受男孩儿女孩儿们的青睐，他的几十名弟子中有很多是从美术讲坛转来学习意拳的。在师父的概念中，意拳已经只是一个标签了，他说今天任何人练的意拳大成拳，都不是王芗斋当年的，它经历了第二代的传承，当年的武学已分散殆尽。第二代意拳前辈身上，继承多者能有三四成，普遍继承者也就一二成，但这些前辈拼凑出的武学信息却可还原一代武学宗师的真实风范。如何继承武学传统文化是时代的学科，不仅是意拳一个门派的难题，其他拳种如是。我慢慢感觉只有在传承过程中甚至是颠覆性的创新中才能继承，执着模仿师父终究会代代衰靡。在武术教学上，师父鼓励我们寻找自己的道路，他负责基础传授和掌控发展方向。他一直反对保守，认为过去老拳师到了生命尽头仍旧保守到底，不怕将自己的武学带入棺椁。其实很多感悟和拳学即便苦心教授，徒弟也未必真的能够学到，何况带着浓重封建色彩的保守旧传统。中国武术的术，应该尽可能少地用在教学上。他提倡师徒如父子，哪怕不常见面，这种情感也需真实凝聚。和师父最大限度的情义契合，有利于信息的接收和传递。师父提倡思通体认的武术传承，他对王芗斋的崇拜，从不带有迷信色彩，他与这位实际上创造了中国武术神话的一代宗师，在自身的武学实践中，从未停止过一种特殊的神交和对话。

意拳大成拳的创始人王芗斋，1895年生于河北深县，幼年师从形意拳大师郭云深。三个半句的叙述，其实早引发过争议。这段最初的学拳经历，对普通读者而言并无大碍，站在他们的角度上根本不在乎郭云深是谁，放眼整个华人话语世界，哪怕郭老名声再大又能有多大影响呢？是不是他的亲传真的不重要？俗话说英雄可以不问出处。由于王芗斋先生的武学是建立在对抗和事件基础上的，他的成就和武学就注定要从与他人的交流切磋上获得。打得多，赢得多，敌人会更多。其他门派后人会有维护先师的本能，所以诋毁和污蔑者不少。作为意拳的第四代传人，我已倦怠于和人争论。王芗斋的意拳遭受了其他门派后生的诋毁，没办法，这有社会和历史方面的原因。还有特别重要的一点，意拳大成拳属于上朝的御用拳法，王芗斋先生的弟子有青红帮的人，有大军阀的儿子，有当时国民党军统的“精英”，所以后来受到冲击很正常。庆幸的是，新中国成立后周恩来总理认可了王芗斋，委托他荣任中国第一届武术家协会主席，对大成拳在武学和健身上的地位给予充分肯定并加以保护，王芗斋也居住过中南海万字廊，并在景山公园教授拳法。意拳第二代弟子赵道新、姚宗勋、张恩桐，卜恩富、韩星桥、韩星垣、窦世明、王玉芳、王斌魁也为中国武术界撑起一片天空，作为同门后辈，我也无需赘述溢美之词，冷静客观更容易让陌生人接受。

回归到自身，意拳对我的改变有很多，我从个独特的角度去看问题，说说它的微妙之处。这么多武学专著和历史文献，却没有人提到意拳和情爱之间的微妙关系。如果把男人和女人间看作存在着战争，或温柔激情，或冷漠心狠，那么有人的地方就会有拳法。先从站桩说起，中国传统武术离不开站桩，意拳的核心就是桩。站桩可以生劲力，更能开启机体的触觉活力、敏感和灵动。意拳站桩歌中有“浑身筋肉挂云霄，毛发根根暖风摇”的歌词。意念调控下肌体的放松，有助于血脉微循环的畅通，同时人对身体的支配能力会大大增强。这对男人来说是多么重要啊，倾听身体，奉献反应。这些都是武术大师很少研究的。

理解武术，要避免盲目崇拜体力付出的功效，或许它只是一种体会和滋味，本质的升华需要多重世界里的互动。站桩久了还可以让身体敏感和兴奋，这两个词对男女之情是很重要的。男欢女爱，天经地义，而温柔的暴力，如果能在适时的情境中运用，局面将会不同。有多少半推半就的爱情，因为力度火候错位破坏了春宵一刻的美妙。我一直认为遭遇坚决反抗，是接受了错误信息，回馈了错误举措，那是身心的过失。应该建立以倾听对方为主的情爱体系，到那时，感觉不到的行动，是不会换来反抗的。有些可能一辈子只发生一次的场面，应该是难忘的。传统的儒、道、法家文化，开悟于爱情世界会增添多少情趣？舍己从人的美德应该流淌全身。

云中谁寄锦书来

《非诚勿扰》栏目组为二十四盏灯全灭的男嘉宾准备了邮箱，在录节目的时候，桑洁就已经把邮箱地址交到我们手上，为的是以后与台下的未知缘分联络。我当时特别认真地将它收好，像保存“锦囊妙计”一样。可能由于过度保存，我还是把写着信箱的纸条给弄丢了。在火车上时我就发现没有了，纸条上面还有密码。后来，通过工作人员，我又重新获得信息库的“钥匙”。3月24日当晚，我没有查看邮箱，不知道里面会有怎样的“世界”等候呈现。我是一个对一切都充满好奇的人，渴望多维度、多角度的交流。好多同学表示，要帮我回信，说怕我一个人忙不过来，他们真是太善解人意了！

3月26日周一，我是坐在办公室才决定打开邮箱的。以前看节目时我就想过，如果我“有幸”成为落榜的男嘉宾，一定要认真、用心地回复每一封信。桑洁知道后说我是在做梦，估计到后来肯定回不过来了。江苏卫视官网的邮箱速度极慢，我等啊等得直到身心疲惫时，才打开了那神秘的箱子。

仅仅经过两天时间里面已有一千多封未读邮件了，出于礼貌和责任我决定逐一回复。但我不知道该从哪里开始看起，就在这时有个标题吸引了我：王欢，你等着被谋杀吧。未读邮件的序号瞬间变成了浮云，在这一刻我像所有正常人一样打开邮件，看看到底谁要杀我。结果发现邮件来自澳洲，写邮件的人居然和我弟弟还是一个学校的。她肯定不是要杀我，只是想用这种方式让我点开邮件。她成功了，“杀手”名叫pepper，中文就是胡椒。我觉得她是一个很有意思的人，就让她加了我的新浪微博。下面我摘录的是pepper语录：

“我像一只咬不开松果儿的松鼠，整天除了窸窸窣窣地啃，什么也做不了，只因为那颗松果儿，是它在整个森林里最喜爱的，你能不能和我说一句超过十个字的话？”

“你的话让我有种，一个母乳喂养的孩子一边吸奶一边问妈妈，这奶是哪个牌子的啊！还挺好喝的感觉。”

“我有一种天天在拿急救电击，电你的感觉。看你的心电图到底能不能恢复正常。”

“还魂的感觉，矿工被困二十天后躺在担架上，隔着头上的黑布感受到光的感觉。”

“我一口把自己又吐了出来。”

Pepper的留言是“尤利西斯”风格的，我需要“追忆似水年华”，两个人在意识流的领域中进行着语言艺术展。总之，她是只生动的小松鼠，适合在澳洲的丛林长久奔跑。幸好在数千封邮件中只有一个人想“杀”我。

我准备按照时间顺序打开那些信，然后逐一回复，但这个“工程”浩大得在短期内想实现它已经不太现实了。起初我还能说些心里话，但到了后来就变成了机械地应付，失去本应具备的热情和感觉。我决定不再回复了，毕竟那些客气而雷同的话不是我的风格。与其满足形式上的礼貌周全，我不如什么都不做，真心的沉默比虚情的敷衍更负责。我休整了两天，重新打开邮箱后我发现了意想不到的人。她从我生活里消失有段时间了，我却用另外的方式把她冻结在永恒中。3月25日的一封信：

嗨！王欢：

还记得我吗？ 我是“龙妹”啊。今天居然在《非诚勿扰》的节目里看见你了，觉得挺意外的。这么多年没怎么联系了，但还是一眼就认出了你。真的觉得很亲切，你那短短十几分钟的节目我看了好几遍。刚才登陆了很久没用过的MSN，想遇到你，和你聊一聊……但是没看见你，所以决定写这封信给你。你和我想象得差不多，有文化，温文尔雅，略带些腼腆，但很洒脱。喜欢你真实的样子，不做作，没有过多的修饰，外在的低调衬托出你精神世界的丰富。感谢你的坚持，感谢你把蟒的文化和饲养的知识普及给大家。真的很欣赏你，你的一切！ 我很支持你，如你说的，你在等待真正属于你的缘分，一个真正懂你的女孩儿！你很勇敢，很优秀，我作为朋友，会是你永远的支持！说说我吧，在美国出差了几年，去年回到渥太华。生活，几乎把我一个小女人完全变成了女强人，更剥夺了我的兴趣和爱好。欣赏你的执着，这么多年养蟒的热情，不曾改变……有几次，我在美国的临时住所养了几只变变（编者注：变色龙），但无奈最终疏于照顾，还是放弃了……我现在还是在KPMG（编者注：毕马威的英文缩写，国际四大会计事务所之一）做会计。去年我结婚啦，他是我的大学同学。上次遇上你的时候，也没来得及说……他也很喜欢爬虫，特别是蛇，他说变色龙太漂亮了，适合女孩子养，男人是要养蛇的。我和他说了好多关于你的事，不知为什么，每次说到你，我都感到很自豪，他有些嫉妒，说有机会一定好好会会你，我的soulmate（编者注：soulmate义为灵魂伴侣），我相信你们会成为很好很好的朋友！那时候我还以为你也快结婚了呢，谁知道，看了节目才知道……没关系，是你的一定就只属于你！ 王欢，这么多年，我一直认为你是一个真实、善良、有热情、有思想、有抱负、有正义感、勇敢、执著、聪明的男孩子。唯一的可能就像王太太说的一样，有点随意和小懒惰：）找伴侣要和养蟒、习武、写作一样，孜孜不倦，持之以恒，执着追求才会有甜美的幸福！你是我欣赏的男孩儿，虽然没和你说过……所以我坚信你一定能遇到真正懂你、爱你、拿一生当承诺的那个女孩子。如你所说，信仰爱情很幸福也很危险！相信你是那个可以坚守住自己最初情感原则的人！ 保持联系吧，有机会回国，我一定见见你！见见你的蟒们……

2012年03月25 Ottawa（编者注：渥太华）

《养蟒手记》中的龙妹，在节目播出的第二天从《非诚勿扰》邮箱里“跳”出来，那感觉太神奇了。我看着邮件半天都沉浸在某种情境中。她有我电话，但从来不打，变色龙般的生活状态从未改变过。直到我今天写下这段文字时，邮箱里仍有七百多封邮件没有打开。龙妹是怎么做到不让自己埋没？我又是听从怎样的声音识别她的“变色”和“伪装”？往事闪现在那些多彩的冷血动物身上，依然映不出龙妹在时光中的多变性格。我和她很小的时候是邻居，我住在东单西总部胡同时，她住东总部胡同。在我们共同成长的日子里，见面却未曾相识过。十多年后，我们因为养冷血动物结识，谈起儿时相见而不觉的时光，总觉得内心被怀旧的情怀浸润着。我们两个在胡同里长大的孩子，像是再次从母体中走出，各自经历着自己的命运，然而道路却截然不同到相互再无法交汇，现在因为冷血动物的缘分，我们虽在地球两端却再次重逢。那时龙妹在陌生的国际会计师事务所工作，每周有时只有二十多小时的睡眠时间，在-30℃的冰雪天气里，她“飞车”为数十种不同品种的变色龙买粮食，并为我认真讲解关于变色龙的繁殖疑难。每逢北美大规模“爬展”时，龙妹再忙也会挤出时间去为我拍照片，因为美加两国一直引领着国际爬虫文化的风潮。在我和龙妹之间，有隐隐的却从未表露的情感。后来我和小舅妈恋爱时，龙妹就消失了，消失到只有她自己才能找到的地方。龙妹好像变色龙一样在不安世界中逃遁。她向往美好的生活，又惶恐于外界的不安。我为了让她在现实世界中“定色”，饱含情感地在《养蟒手记》里记录下龙妹各种真实的生活细节，总之，她是我多年来发现的和自己宠物最性格相近的人类。今天阳光照进屋内，她神秘的影子暗暗闪动，让我心潮澎湃。

我从邮件中发现了更广阔的世界，结识了世界范围内各种有趣的人。《非诚勿扰》虽是一个相亲类节目，但它的深度、广度远远不局限于此。它提供了一个神奇的平台，丰富到无法用语言形容。在给我的众多来信中，我结识了康奈尔大学生物博士穆晓静，她的科学实验远超越我对动物的认知。她在实验鼠的心脏和酵母菌之间寻找神秘的旋律，女科学家的职业美在于对专业的完全掌控和失落于现实世界的简单；情商极高的“小饭饭”，从新德里来到北京，让晒黑的皮肤重新回到中国人的肤色，她稳控把握生活轨迹的能力在同龄人中少有；学习法律的黄姑娘将我的头像印在数百粒巧克力上，这是我长这么大以来受到过最神奇的待遇；Madilda从世界各地给我办公室邮寄来名信片，她可以用普通手机拍摄“移动瞬间的”照片；浙江的女画家朱玉，用古典和现代相融合的手法写意荷花，诠释着江南自古多才情的文化传承；说到绘画，还有筱楠同志把我素描成樱木花道和赤木的混合体……

我很清楚，这些朋友特别容易失去。因为她们联系我并不单是为了友谊，所以我都尽最大可能去挽留。我可以理解为这是自私的表现，但确实有很多缘分超越了男女之情，我看到她们今天的状态，也几乎猜得到他们几年后的生活甚至是过程。很多时候，我站在原地耐心地迎接着每一个人，然后又目送她们从生活里消失。我是一个只能被极少数人适应的人，绝不是台上的那个王欢。我不善于拒绝别人，即使觉得不喜欢、不适合也难说出口。以前师父说过，太讲究、太挑剔的人可能看上去却很随和。在诸多来信和微博中，有相当多的人是冲着武术和蟒蛇而来的，特别是关于蟒的饲养问题，凡是我看到的都回复了。武术有很多讲不清说不明的问题，很多问题需要现实去修正，所以说了也是白说。对我表示好感的人不局限于女孩儿，男人和男孩儿也不少，那些简单的文字却透露出更加真挚的感情。可有些邮件使我越来越没有安全感，男人们相爱就相爱吧，但我肯定是不能了。下面我要从一封最初的邮箱信件讲起。他让我感觉到了“古人”之间的友谊和交情，而后又发生了更神奇的事情。他在邮件里写道：

你好王欢，我生活在加拿大多伦多。偶然有时间，我会看《非诚勿扰》消遣放松。周末的凌晨，在网络电视里观看了你参加的一期《非诚勿扰》。感觉很久没有见过一个气质这样干净的人了。您说，冷血动物其实和人没有感情的沟通交流。能够对冷血动物有如此爱心和兴趣，也许您的境界不是普通的人能够欣赏和理解的，但是您真的是一位非常可爱的人。

两年多前的一个夜晚，我突然决定做一名素食者，希望一点点个人的改变，能增添世人对生命的尊重和关怀。

《非诚勿扰》是男女相亲类节目，本人作为男士通过电邮给您发信息，不是变态的骚扰更不是荒唐取闹，希望没有冒犯到您，或者让您觉得浪费时间。平常习练古琴喜欢戏剧诗歌的我，非常钦佩您的才华和智慧，希望有幸能在这个遥远的国度和您成为心灵上沟通的朋友。

祝您一切顺利 健康幸福　逸尘

我不是很习惯邮件往来，毕竟这不是过去的书信。我建议逸尘用微博，于是他注册了微博，我成了他第一个好友。大约相隔一天时间，我再次收到了他的消息：

王欢，你好！

我是逸尘，非常高兴收到你的Email，其实我真的没有想到会收到你的回复，忽然让我想到时下在西方经常被提及的“吸引力法则”。因为逸尘这个名字在微博已经被人用滥了，我只好用了皈依时候师傅给起的法名启檀。檀是梵文Danna的音译，意思是布施。师父给这个名字，有很深的用意。成为你的朋友非常荣幸。我会继续关注你并上传一些多伦多古琴社和话剧团的照片和你分享。谢谢。

既然我的生命里不能允许“基情”，那为什么会用如此篇幅去讲述陌生男人的来信呢？因为他就是云晓军，今年8月12日在《非诚勿扰》加拿大专场出现的男嘉宾，他牵走了好多人心爱的佳妮姐。我在舞台上时，还没有发觉刘佳妮的独特和魅力，当然她那时候自己也没有完全释放个性。总之，她是这个舞台上最精彩的女人，之后，她又与我有了新的联系。

我是个对文字极端敏感的人，可能很日常的语言下有我热爱的情感。当时收到云晓军的来信，我毫不犹豫就回复了，也可能是觉得他距离龙妹很近的原因，或许我还沉浸在对龙妹的那段情谊里。熟悉我的人都知道，我没有任何同性情结。和云晓军的友谊很纯粹，我觉得从他身上找到了古时候的知己感。此时我问他：“你怎么看咱们两人相识的过程，我正在写一篇关于自己和《非诚勿扰》的纪实作品”。云晓军是这样回复的：

我当然记得所有的事，尽管现在回忆起来感觉有些遥远（其实才几个月），那也是我特殊的人生经历，我居然会看了一个节目后，给另一国的一个男嘉宾写信，当时我以为不会收到回复。从看到节目，一直觉得似乎我们前世就相识。

前面叙述性的表达浓缩了我们相识并不长久的历史，期间我经历了人生最大的伤痛。所以他后面用到“前世”两字时，使我深陷其中。在文学上有不一样的人生经历可以塑造别样性格。用在云晓军身上，不尽如此，他天性中有种纯净和透彻的东西，阻碍现实对人性的雕琢。狭义上理解，由于他长时间生活在北美，让云晓军少了很多“中国式”的世故，他可以直面内心，让性灵包容生活。他对生活的态度从此一直影响着我，当我母亲还在世时，他给我讲了他父亲早逝和母亲患精神病的经历，以及他一个人背井离乡去了北美，重新开始了生命的轨迹，我不能理解其中真切的痛苦。那些身边的生离死别哪怕再近，也会有擦身而过的距离感。直到有一天，死神将手背悄悄放在脸颊，我才听到寒冷渗入皮肤的回声。

当时的云晓军和未来的刘佳妮

2012年7月21日北京大雨，我和父亲在危险时间驶过了二环路的积水路段。我的车在路上走走停停，那天正好是刘佳妮生日，她的庆生会也因大雨取消了。我和她在微信里聊天，讲述着她与云晓军牵手的前前后后。刘佳妮的声音比在电视上更舒缓和从容，仿佛她有足够的时间拆解来言去语。从聊天一开始，她就问我怎么看待牵手问题。我明白这是佳妮姐对我情商的试探和考察，如果我和网上说的一样祝幸福和美满，恐怕我们的交谈也就止步于当天的大雨了。我表示了对牵手场面的期待和感动，因为没有结果的情感碰撞更有冲击力。佳妮姐（这时我该这样称呼才好），是选择了最合适的时机全身而退的，观众和三位老师的不舍，已把她托到了舞台最高点。佳妮姐很开怀地笑出了声。

我的失败换来别人的牵手成功，而且是精彩、富有戏剧性的，更重要的是真实。现在想来，如果我当时带走一个女孩儿，也就不会有那个邮箱里很神奇的邮件，或许云晓军也不会给我写信，那2012年8月12日的《非诚勿扰》节目上，刘佳妮更不会告别舞台。据“史料”记载，她是台上女嘉宾和三位老师、台下观众和所有工作人员公认最喜欢的一位女嘉宾。面对她的牵手，众人都是感慨万千，女嘉宾和现场所有的工作人员几乎都流下了热泪，台下不少观众也是潸然泪下。孟非更是难掩对刘佳妮的欣赏，他说：“我一直在想刘佳妮这样一个女生最后会怎么走，而面对男嘉宾的告白，她最后的那个表达是最让男人动心的。她没有说像散文一样大段浪漫的话，而是说出了最简短、最打动人心的三个字：我愿意。”节目结束后，孟非还特地为刘佳妮发了微博，“你走了，这个舞台将留下你的故事！”乐嘉更是在现场就依依不舍道：“佳妮，还记得你刚来的时候穿的什么衣服，站在哪里吗？我记得。节目到现在258期了，大概来过1200多个女嘉宾。迄今为止，你是我们见过最聪明、最有智慧的女孩儿！”而当刘佳妮准备走向黄菡老师时，黄老师的情绪难以平复，眼角挂着泪几乎哽咽、欲言又止，“这个台上……我，哎……算了，不说了。”其实一切尽在不言中，无论台上台下，黄菡老师都曾经数次表达过对刘佳妮的欣赏与喜爱。台下，黄菡老师在自己的微博中也是对刘佳妮写下了意味深长的一番话：“你让很多人对美好的女人有了期待，该有一个好男人让你对爱情充满期待。”

今年四月，云晓军的朋友发消息让他报名加拿大专场的《非诚勿扰》，栏目组正在招收候选男嘉宾。他有些茫然，想象如果自己站在那个台上，会有多可笑。毕竟，他觉得自己不是二十来岁的人了，并且越来越不会掩盖内心的漠然和厌烦。和很多人的顾虑一样，云晓军觉得如果呈现真实的自我，恐怕舞台上的灯会全灭掉。人一旦站在舞台和聚光灯下，真实的自我有时就并不一定真实了。他很想听听我在台上的感受，好决定要不要参加海选报名。我建议他不要过多考虑“牵手”的得失，其实这是一段不错的人生经历。从决定到实现，其实每个环节都很有意思。毕竟你的一切要在数以亿计的观众面前展现，你可以把它看成是一场趣味生活的体验。同时，栏目会修正你身上一些自己未曾发现的问题，二十四位女嘉宾会用射线般的眼光伺机看穿你。

4月29日 12:05，云晓军在微博给我发来回信：

谢谢你的建议，我正在考虑，说不定连基本面试都通不过。看样子你在台下很有收获……好消息请别忘了分享。

在接下来的几天里，我又开始说服他去尝试，并积极向桑洁推荐这个有不平凡经历的男人。起初桑洁认为男人给我写信，是因为喜欢我。我说不是。她开玩笑地说，不要被“不是”的假象所迷惑，万一他挖掘了你内心中自己都不愿意承认的一面。我再次表示真的，不是。我对桑洁描述了云晓军是个很有特点，但非常没有真实感的真实之人，他的生活和经历值得关注。

5月3日 13:16，云晓军在多伦多的午夜给我回信：

谢谢你，不管能不能被选上，你的好意让我觉得很亲切。昨天我打电话给一个朋友，他经常做华人社区演出的策划和导演，我以前去做义工演出时认识他的。他说报名人很多，他很了解这类节目，我要想被选上就要出位。我再问那是什么意思。他出了两个主意。第一，装伪娘，我断然拒绝。缘故是当年有个演出，缺男伴舞演员，他热心参加跳舞，但笨手笨脚，我却不费力地跟着编舞老师跳了起来，他觉得会跳舞的男生肯定有点“娘”。第二，穿汉服、弹古琴、玩穿越到汉朝。第二点倒是显得靠谱。我看来要恶补古琴了。其实想一想，他的逻辑也对，这么多人报名，节目制作人肯定要选有点故事的人来吸引眼球，就像他能想出的装“二”、装“娘”、玩穿越一样。装“二”的角色，我以前在社区晚会演小品时，这类角色总是演得很差，导演说还是不够“不要脸”，就是出于同样的原因，我也很抗拒夸张地去“娘”。可是仿古路线也不是好走的，《非诚勿扰》里琴棋书画出众的男生不乏其人，我那一点修为也就是献丑的（真不是谦虚话）。基本没有信心了。

桑洁是个对工作极其负责和有创造性的编导，她很少谈想法，但心里对一切都很有分寸和定向。云晓军长期在北美工作，在加拿大的“国土资源部”养成了严肃和规矩的做事风格。我还要对他讲明，这不是走后门什么的，而是正巧认识编导，她直接选人。既然我们认识，在加拿大参加海选结果又未知，作为朋友，我至少可以提供一次公平竞争的机会。我觉得舞台上缺少自然天成的人，你把真诚和真实的自我展现给她，效果会更好，不用演，就是云晓军自己。无论气质和内心，都很独特。

5月4日 12:44，云晓军说：

我也是这么想的。我做好我自己，别人是否欣赏是别人的事。虽然节目确实是别出心裁，但并不想费那么大力上去演戏。也难怪很多人那么想，包括那个支招的哥们儿，居然瞪大了眼睛问：“你打算靠上这个节目进入演艺圈吗？”呵呵，真是啼笑皆非。目前加拿大主办方约克论坛的安排是，五月中旬本地海选，能通过本地海选的有资格见国内来的节目导演面试。也许本地海选就把我给踢了。希望在台上还是自己，我已经决定放弃去本地海选现场了，今天下午坐在后面看了第一场，在乱哄哄的购物中心的简易舞台，真不想坐在那儿弹琴，挂着号码牌站在台上傻站着。一切都随缘分，谢谢你的厚意。

桑洁的工作很忙，她既要四处去面试，又要负责节目现场和后期编辑工作，几乎没任何休息和属于自己的时间。我完全是在电话里向她描绘云晓军独特的人生经历和现状。他生长于单亲家庭，由于母亲的精神残疾，自己一度处于精神崩溃的边缘，最亲密的伙伴是孤独。云晓军幸运地学习到对自己、他人和世间万物的慈悲和接受。他是为数非常少的使用英法两门语言，在加拿大官方工作的华人公务员。他是一位素食主义者，曾在“佛光山国际青年营”寺院生活了一个月；在夏威夷的“心灵成长”隐修；在身心灵健康活动做义工；在老人院做义工。云晓军加入了多伦多古琴（社），还参加了“诗经雅乐”汉服演出，多伦多话剧团，多伦多华人排球队，他还独自背包游、沙发客（couchsurfing）。在情感经历中，曾长时间仰慕“小龙女”（现实中不存在的人物），后来懂得接受和欣赏食人间烟火的现实女子……桑洁没有告诉我她对云晓军的看法，和以前一样，她是在心里进行策划和布局。

5月20日 14:11，云晓军的留言：

我和桑杰（希望没写错）已经电话沟通了，聊了很多，我也居然说了些平常不会吐露的事情和感受。我想，不管结局如何，这段经历，包括你，将会是我生命中抹不去的记忆。

5月24日 14:18，他似乎有了进展：

今天和桑洁通过Skype视频面试，后天她会告诉我是否最终上台。感觉很有可能要去北京了。我会第一时间告诉你结果（无论成不成）。去的话，你需要我帮你带什么吗（只要不是蟒蛇就好了，哈哈）？

我觉得可以祝贺他迈出第一步了。对于我眼中的云晓军，从最初的出发点来说，并非想让他出风头。只是觉得云先生有时确实在云里，《非诚勿扰》是他通向地面的不错途径。我希望他的生活从此鲜活和吵闹起来。他还问我桑洁的名字怎么写，我说：“洁，是洁白的洁，哈哈。她是一个很好的人，很有水准和才华的编导，希望你能把握这次机会，做一个最真实的自己，勇敢而真诚地站在舞台上！”

在这段等待的时间里，云晓军开始了充实而忙碌的生活，我不知道他是否因此而被生活改变了，他告诉我“最近我总让自己忙碌着。昨天下班后去排球队打球。今天休息却为了艺术节排练一整天节目。早上和搭档为‘诗经雅乐’的英文报幕对词，中午是《红楼梦》歌曲民乐演唱会练习，我累得在琴和箫的音乐中睡着了，晚饭后又去另一个艺术团练形体和合唱。古琴老师语重心长地说：‘Thomas，你知道为什么你没有女朋友吗？你太忙了，该放松些，给自己点时间去喜欢别人，去被别人喜欢，很多人会喜欢你的。’我诧异地看着她：‘我从来不知道有很多人喜欢我……是真的吗？’她笑着点点头。我没有往下问。古琴老师家里上有老，下有小，近来还失去了工作，头上多了白发，只有在古琴曲中才看到她忘我的快乐。她来排练之前连饭都没顾上吃，她转身匆忙地吃了一个苹果。弹《阳光三叠》的琴师最近刚办了画展，独自住在自己设计的雅居中，不知她最后的爱情是多久之前的事，很少在她的脸上看到笑容”。

5月30日 12:10，我觉得云晓军距离《非诚勿扰》的舞台很近了：

睡前收到你的语音短信。其实我也很纳闷，本地媒体公布6月还有两场海选，这个月已经做了两场。刚才桑洁说她后天要公布最终名单，届时会给我E-mail，以便我办理请假。至于VCR，他们的外拍组6月份要过来，但是棚内录制是在北京完成的。据说男嘉宾的VCR只有一天录制时间，都不知道一天之内能录些什么，我跟桑洁说可能我会准备些自拍片段，以免到时录不完想要的东西。至于第二段VCR，我都不知道该拍什么。我要是像你会写剧本就好了。

仅仅过了一天时间，云晓军等到了节目组发来的信，但他很遗憾不能来北京和我见面。信是桑洁发给他的，内容如下：

首先很高兴地通知您，已经通过了我们的面试，我们的录制时间是在7月14日和7月15日，录制地点在江苏南京，你最迟要在7月13日到达上海（多伦多只有直飞上海的航班），暂时不要自己订机票，我们栏目组将在6月下旬奔赴加拿大进行外拍，具体拍摄时间会再和你们协商。请提前和公司请好假。期待你在现场精彩的表现！

《非诚勿扰》桑洁

大约一个月后，《非诚勿扰》的节目组开始为云晓军录制VCR，但桑洁没有负责外拍。我从孟非的微博上看到，栏目组在加拿大受到了非常热烈的欢迎。由于外拍编导和摄像是另外一对组合，桑洁肯定是忙别的工作去了。那两天云晓军很少给我留言，我想他陷入了录制VCR前的紧张状态中。等一切结束，他告诉我拍摄从早上九点半一直录到晚上十点，桑洁让另一位导演给他拍的，她和摄影师一天都没机会吃饭，三个人都快虚脱了。他觉得编导们太辛苦，工作强度太大了。或许不少男嘉宾都有相同的感觉，就是只有VCR能彻底表达自己，所以他们觉得还有话要说、还有内容要展示，可总是不尽情。云晓军说，他连对镜头的简单笑容都拍了五遍，后来还是挤不出来，导演说“最后挤出一丝苦笑”，然后他做到了。他觉得VCR拍出了文艺老男人的生活真实，也觉得开始怀疑自己生活的本来模样。《非诚勿扰》像一面镜子，开始对准他的生活，客观冷静地让他开始审视自己。镜子中，云晓军正在靠近刘佳妮。

永别了 妈妈

在我所有存放照片和视频的存储设备里，都有一个重复的文件夹，名为“给未来的孩子”。那里保存着母亲离开前的时光和智慧。接下来的文字，该多难写。无论是不是作家，纪实般重述都很残忍。在死亡面前，我们每个人都普通得像一个影子。关于生命结束的美好、解脱等种种寄望以及相关的宗教信仰都暗示了人对死亡的无能为力。生命只有延续才可能永恒：当我把血肉遗传物质交付给下一代，可以获得谢幕的成就感；当我把生命物质以文字形式留给未来，心情无比失落。

每位母亲都给孩子留下了不可估量的财富，这是真正的非物质文化遗产。回忆这些年来她在个人感情上反复给我的建议，我全然没当回事，从生活角度判定，我确实走了弯路。劳动人民在生活中的智慧，可以超过很多高学历知识阶层。特别是在情感问题上，母亲那些无私、冷静的判断至今让我感怀。她没有丰富的感情经历，一辈子谈一场恋爱结一次婚，却不比纵横男人中叱咤风云的女人们逊色。直到她生命尽头我才意识到多年来自己在处理感情问题时的稚嫩，写作高于生活，却不是生活，更无法超越生活。有关母亲和我感情生活的记忆，可以从几年前说起。

时间退回到2008年，母亲查出癌症，我已经结束了和小芭蕾长达五年的恋爱，正努力融入小舅妈的恋爱模式。那时我像听从了冥冥中的幸福指引，一头跃入海中，朝着幸福的对岸游啊游。母亲很喜欢她，因为小舅妈没有任何家长不喜欢的理由，她孝顺，体贴，仗义，甚至有着过来人都缺少的家庭观念。在这样一个时代，多数大城市女孩儿以彰显个性、独立、自我精神为信念，小舅妈发自内心的与家长的亲和力让母亲特别欣慰。当时我和她一起听到癌症消息，小舅妈泪水滑落，我从她的伤心中才意识到发生了什么。

母亲是乐观的，因为多数人觉得癌症早期没那么可怕，特别是妇科癌症并不是太严重，我们全都深信不疑。手术当天，小舅妈陪着我躲在楼顶站了近五个小时。我能感觉到那不是完成应尽的义务，而是全身心陪伴，她浓浓的人情味让我坚信我的选择和母亲的判断。手术是在协和医院进行的，协和医院的妇科在世界医学同行中声名赫赫，这可以追溯到林巧稚创立的辉煌，及此后的郎景和院士、黄荣丽教授等乃至当今中生代的朱兰、沈铿、黄惠芳、潘凌亚、马水清等一批优秀专家组成的强大阵容。朱兰有着江南靓女清秀洒脱的气质，做事却是雷厉风行、高效率、快节奏，一言一行如男人般阳刚、果断，性格与外表形成了鲜明反差。她不仅手术精湛，而且医德与人格有着完美的契合，四十多岁就已经是中国协和医科大学的博士生导师了。她为我妈妈做的手术彻底而干净，阻绝了器官转移的一切可能。但低分化的癌症性质，以及母亲身体特质和个体差异，是医学和人为努力无法控制的。手术后经过放疗进入恢复期，朱兰教授一再叮嘱我妈一定不要放松警惕，定期严格复查。为了减轻病人的精神负荷，她私下一次次提醒我的父亲，低分化癌症转移的风险极高。母亲术后很乐观，像正常人一样对生命充满憧憬，小舅妈三天五日地来我家做饭，母亲对她厨艺的评价甚至超过了父亲。她的耐心和细致，让作为旁观者的我感到惊异，我时而会猜测这些呈现在母亲心里该是怎样的幸福。

两年后，小舅妈的姥姥被诊断出胃癌，那时我们在感情上已经有了说不出的矛盾。母亲和父亲两次去医院看望她的姥姥，并为她联系协和医院著名的中医专家董振华从中进行辅助治疗。那时母亲心平气和地为我讲述和分析我与小舅妈之间的矛盾，她认为两人的感情要靠经营，学会忍让和妥协会换来更广阔的空间。我根本不服气，也没有理解她为我们修复感情暗暗做出的努力。母亲一次次地说，女人心不能伤透，不然再难修复了。

但是她也感觉我和小舅妈之间确有不兼容的性格。我抱怨小舅妈没时间恋爱，总是有繁琐而无尽头的家庭活动，母亲的宽容使她相信婚后可以改变。对此父亲并不认同，他坚持一切幸福都要建立在相互喜爱的基础上，他推断小舅妈的姨是激化矛盾的始作俑者，不满小舅妈缺失主见，因而给我强硬的支持态度。母亲悄悄告诉我，不要听他的，可我精神中的倔强和不羁却在这时吻合了父亲。后来，我和小舅妈的感情到了破裂边缘，母亲很严肃地表示她可以出面帮我挽回，她问我："你觉得和她在一起可以幸福吗？但幸福是需要两个人经营的。"我拒绝了，理由是小舅妈人虽好，但她不属于自己。母亲对我后来的选择没任何异议，只偶尔担忧起我的年龄来。我那时并不知道，是她不自觉地对生命产生了忧患意识。母亲只是玩笑似的说起过担心身体不好，不能为我看护和抚养下一代，却从未直接吐露渴望做奶奶的一片苦心。

2010年母亲的低分化癌症开始在肺部多发性转移，父亲拿着PET报告首先找到了协和医院原国际医疗部主任王子时，王子时医术、为人都有极佳的口碑，在国内外内科医学领域名声显著，他为人淳朴、低调，我父亲二十多年前是他的患者，久而久之成了情同手足的朋友。王子时看到PET报告后，父亲从他将要溢出的泪水里看到了生命有限的结论，朱兰教授的担忧被无情地印证了。这些年父亲目睹了朱兰成功地逆转了许多癌症病情，他立刻给朱兰打去电话，朱兰一分钟没耽误，马上联系好胸外科主任李单青。结果可想而知，父亲在极度绝望中从各方寻找可以欺骗自己、欺骗我们的所有依据。回顾这些年，他尝试了所有努力。作为一个充满艺术气质且棱角分明、重情重义的男人，父亲做到了极限。他不相信电药锅，所以无论寒暑都用炉火煎药，几年来上千服中药溶解掉多少希望！母亲最后吃饭困难，一顿简单的面疙瘩汤要重做几次才能咽下，无论夜晚还是凌晨的睡梦中，只要母亲想吃些东西，他随叫随起直到母亲满意。他内心承载着极度的绝望和痛苦，倾尽全力先后求助到协和医院最一线的近二十位主任专家教授，以及相关辅助医科的副教授、主治医生。国际妇科权威郎景和院士也参与了母亲后期的治疗方案。事实上，每一位癌症患者背后，都藏着无数感人细节，只有亲历者才知冷暖疼痛。在母亲癌细胞发生肺转移时，我的感情处于“空档”，惶恐母亲无法看到未来儿媳的伤痛时时出现并不断扩大。但母亲是坚强乐观的，她一生都善于把痛苦留给自己，把乐观笑容分享给我们。她非常喜欢《非诚勿扰》，喜欢孟非、黄菡、乐嘉。在病中那段时间，她无力坐起，每到周末，我爸都会把《非诚勿扰》的声音放给她，让她主动参与到儿子感情选择的思绪中。三位老师有时可以把斜躺在床上忍着疼痛的母亲频频逗笑，那是因为乏力而没有声音的笑容。因为这半年来，用她的话说，“过得生不如死”。

2011年底，第五个疗程的化疗结束，母亲被副作用折磨到无法入睡。但在我和父亲鼓励下，她坚持再做第六个疗程。父亲说：“你怎么也要撑到儿子结婚，还得等你看着小线毛呢！（线毛是我的小名，因为我小时候，朴实善良的姥姥常用一团洁白的棉团儿哄我，我攥在手里成了习惯，姥姥是河北人，称棉团为线毛。）”

写到这里，那些最痛苦的日子仿佛又回来了。当时母亲单纯地以为疼痛是因为化疗造成的胸膜粘连，其实我也这样认为。我鼓励她必须坚持，如果放弃治疗，自己肯定也不活了，还威胁她说我已尝试在环路上以二百迈的车速去感受死亡。我责怪母亲的固执，明明生路就在眼前，克服疼痛将会彻底从癌症阴影中走出。她被我以残酷的方式激励着去忍受接下来的痛苦。第六个疗程之后，母亲开始陷入无法忍受的疼痛，她整夜无法躺着睡，疼到一夜夜难眠。快一年时间里，她因疼痛只能坐着睡觉，凌晨时段我都能从关着的门外听到她隐忍的呻吟和无声的泪水。

四年时间，在最先进的医疗手段和最顶尖专家的治疗下，我们尝试了所有方法和手段：冬虫夏草数以斤计，仅王子时、宗秋环夫妇就送来了不下800克；董振华的爱人靳振平光海参就送来十多斤；药锅煎透好几口，抗癌食品、补品和精神疗法尝试无数……直到向佛教祈祷。我们都活在主观的谎言里，但这是唯一的希望。母亲时而觉得生命将尽，时而又被“真实的”谎话弄得若有希望。在这个过程里，我知道“谎言”的艺术境界，那就是把欺骗化作希望和信念。母亲相信她所经受的一切无法形容的痛苦都是源自化疗反应，她开始后悔做最后一个疗程。其实，直到最后母亲都不知道，那些疼痛是从肺到骨的多发性转移所致，而非因为胸膜粘连和化疗反应；她无法吃东西也并非是被化疗药物所伤，而是癌细胞全面侵占了胸腔。人的整体消瘦和脱相也不单是饮食问题所致，母亲的身体成为战场，疯狂生长和扩大的癌细胞在与正常细胞争夺营养中争得了上风。到了那时，母亲上下床都需要搀扶和协助了。即使这样，她仍然抗拒去医院，她害怕化疗，更害怕再不能从医院出来。

在去医院的前几天，注定无法成为儿媳妇的书记来到我家。我无法从她的表情中察觉到什么，眼前只有书记能扮演这个接受嘱托的角色。尽管母亲知道书记家不同意我，她心里肯定也愤恨书记家人对我的评价。但我没想到的是她趁着我和父亲没注意，还是嘱咐了书记几句话，把手变成枪的模样指向我爸，表示她不愿意去医院。后来书记告诉我，母亲是担心我的脾气和开车的安全。

父亲多年的挚交，也是协和医院最具实力的中国中医临床专家董振华教授来到我家，终于说服母亲去医院进行营养支持治疗。我母亲非常信任他，他对我们家感情深厚。十三年前我姥爷重度心衰脑出血，大夫让家人准备后事，父亲找来董振华，董振华轻轻搭脉，又仔细检查了病人，随后告诉我母亲说："我看暂时没危险，吃五服中药就可以吃东西下地了。"在场的也都是西医的专家，父亲过后承认他当时都不敢相信，但奇迹如董振华所料出现了，我姥爷继续把生命延长了近三年的时间！董振华教授从我母亲出现癌转移后，几乎倾尽全力给我母亲诊疗治病，也请了呼吸科主任徐作军和相关的科主任专家协助会诊。他的门诊率极高，预约号在票贩子手里被卖到2000元一张，但不管多累，他都尽可能地到我家给母亲号脉开药。在他的主张下，我父亲立即联系朱兰教授，她办事从来雷厉风行，第二天就让我妈进住医院。朱兰教授有着高尚的职业素养和令人敬佩的医德，母亲化疗回家休养期间，她每天都要求我父亲向她报告母亲的病情和化验结果。她身为妇科主任之一，每天早上七点多就来到病房，又常常因为手术晚上十点多才回家。朱兰教授年迈儒雅的父母告诉我们，每天，她的儿子睁开眼时妈妈早上班去了，晚上进入梦乡妈妈才回来。朱兰教授无疑把爱心无私地奉献给了患者。2012年6月28日，母亲在我和父亲合力说服下再次住进协和医院。起初我们认为在营养液和人血蛋白支撑下，她能从化疗副作用中恢复。母亲也相信，在营养补充后，胃会慢慢地恢复，能吃东西也就可以回家了。住进病房的第一天她是开心的，再坚强的人也留恋生命。

早在母亲一次次化疗阶段，我和协和医院七楼的妇科一病房护士就成了非常好的朋友，这个病房是卫生部也是北京市的模范病房，护士长薄海欣曾在北京召开的南丁格尔世界医学护理颁奖会上，代表中国护理工作者发言，并和其他与会者一起受到了胡锦涛总书记的接见。她们在繁忙的工作之余几乎都看《非诚勿扰》，即使错过3月24日有我那期，后来也都重新看了。我们因此有了好的相处契机，在扎针、输液、换药间隙中我会和她们聊起栏目，最后渐渐地无话不谈。母亲总怕麻烦别人，即使住院躺在病床上，她也始终乐观，在疼痛难忍时只是闭嘴不说话或者皱皱眉头。朱兰教授每天都询问病情，她将鼓励和乐观传递给母亲，让她始终活在希望中。而在私下，她已召集病房的医生和护士开了会，交代了母亲病情随时可能恶化而导致生命危险的情况。这些我们都是在事后才知道的。

当今医患关系成为全社会关注的问题，但对于协和妇一病房而言不存在此问题。从护士长薄海欣到每一位护士，于超、李莉、杨雪青、刘义玲、刘霞、杨晓平、范国荣、谭京平、周海莎、王靖雯……她们充满高度责任感和浓厚人情味儿的护理、照顾，由内心蔓延出的爱与温暖，时时体贴着所有的病人。妇科一病房的护士训练有素，她们的经验和胆识、抢救时的配合与协调能力，甚至远远超越很多年轻的进修医生。在协和妇一病房，我有生以来第一次见到进修医生为护士当助手的情景发生。她们对待我母亲像亲人，没有任何距离，开玩笑、谈趣事、聊我和《非诚勿扰》的细节。母亲有力气说话时就多聊，到后来身体衰退，就只能摆摆手，等手也举不动时，便用表情交谈。在生命尽头时，母亲用最坚强的笑容回报给每个帮助她的人。

我难忘母亲的眼神，她看着病房屋顶，不知道在想些什么。我猜想她是在想儿子最终和谁走到一起，在想象隔代人背着书包走在上学路上；想我爸，担心我们会为不值得的事争吵抬杠；想姥姥，犯愁大家该如何将戏演下去；想病情，究竟癌细胞是不是像我们描述的那样正在消减。她第一次发呆时，我问母亲是不是放心不下，她笑着点头。我询问内容，她只说担忧我开车和我的脾气性格。于是我发誓在公路上谨慎慢行，遇事先冷静，用思考、沉稳去寻求解决困难的办法。我又反思了身上的缺点和不足，絮絮叨叨把从小到大值得认错的事讲了个遍，列举了诸如生活态度消极、乱花钱、玩心重、把太多时间浪费在感情上等一系列缺点。

母亲还是笑着摇头，这次她使劲儿盯住我，缓缓地说，很多遗传不好改。的确，我爷爷年轻时，有着几辈子都挥霍不完的财富，后来，历史变革将他所有的财富与美好幻想清零，但闲散和安逸却通过基因传了下来。我九十岁的奶奶曾拥有同样显赫的家世，更有超越同时代女星的容貌，同时具备她们没有的北大新闻系背景，所以她对世界早已习惯了无条件索取。而我也从小从未尝过生活艰辛，被亲情保护得缺少坚毅和拼搏。母亲从她的角度认为这不是错，她觉得或许这是很多北京男孩儿的可爱之处，他们集体缺少狠心和狼性。以前的时代，人们成功或许要把对手踩在脚下，如今现实已严峻到把对手踩死都不能放心。渐渐地，她歪过头半睡半醒地休息，不知又担心些什么。

我时常把话题引到感情上，母亲自责，其实有几个家境相当富有的女孩一直不懈地追求我，在母亲的坚守下我尽可能躲掉。她一贯拒绝让自己的儿子攀富，她希望我事业有成，生活上则希望我活得真实自然，好好过一个普通人的日子。她觉得这些年生病耽误了我的婚事。我理解那种难过，她不愿意在我面前惋惜小舅妈，也不对我的感情现状做评判。母亲尝试着问："是不是书记家对我们的现状不满？"我说："绝对不是，她更不会。”母亲又说，如果有需要，趁她还能说话，可以帮我去和书记家沟通。我轻松地说：“那都不是问题。”心里却霎时闪过一股狠劲：创作不是为财富豁命，它是另外的执着和境界；被女方家长的世俗和无知轻视，不会影响我内心的坚守。不悦的感受是瞬时的，我心底排山倒海的激情可以冲淡现实荣辱，不知这从何而来又会到哪里去。眼前，让人伤神的是母亲无能为力时还要站出来，她对人世的留恋之中又有多少不甘心和遗憾。我是一个作家，会放大出常人更难感受的疼痛感，这一刻的乐观和憧憬多么不真实！虽然参加《非诚勿扰》有一段日子了，也已接到无数联系和爱慕表达，除去通过节目邮箱、网络直接联系的，通过亲戚朋友介绍的也很多，说起来几乎什么类型都有；理论上说我怎么也能从中了结终身大事了，但现实并非如此。这些人我几乎都没见，只是从网络上结识了生活中从未出现的人物，她们有的善良平凡、深情执着、疯狂诡异、才华横溢，有的财富多到可忽略数计、有的是与中国近代史密不可分的家族后人……我失控地和缘分保持距离，不能进入角色。母亲生病让我无法分出真情，无法投身到与婚姻相关的恋爱中。

母亲躺在病床上想得很多，病痛会左右思维，我无法了解她的精神世界。我守在她的身边，恨不得世界从此毁灭。入院一周后，母亲的肺部开始出现感染，此时一口痰都可能致命。在ICU的张教授第一次抢救她时，我还在赶往医院的路上。他们把几乎整套重症监护设备都搬到病房，母亲的呼吸系统在堵塞时近乎衰竭，心跳迫近200，血氧低到让人心慌。我和父亲还有舅舅等在门外，仪器的声音如刀割心。这是母亲的第一次ICU式抢救，如死亡擦身而过。从这以后她戴上了氧气面罩，身上多了接在仪器上的线路，但微笑如前。

我开始关注母亲的每一口痰，记录颜色和间隔，她无论身体多衰弱都坚持看它们的颜色。我明白母亲想让它们由黄变白，她期待肺部感染缓解。母亲无论身体多疼痛，都拒绝用吗啡和杜冷丁，她用坚强为我上最后的生命教程。母亲对氧气面罩也很抵触，她爱干净，更不喜欢皮筋勒在脸上。于是我用手举着面罩，一边盯着血氧仪，一边调整面罩与她口鼻的距离。我恍然意识到时间有限，作为子女，可回报养育之恩的机会骤然减少。母亲不忍看我手抬几个小时，她皱眉撇嘴让我放下面罩。我告诉她我宁愿就这样举一辈子，哪儿也不去，不离开病房。母亲却乐观地说，你必须要结婚，要有自己的家庭和孩子。我们又回到原先的疑难上——关于书记和她家里的坚决反对，母亲很微弱地说："看你自己把握，凡事没绝对。"

从6月28日住院，到7月16日生命结束，母亲经历了大大小小十余次抢救。在罗敏医师亲自指挥的第一次抢救结束、母亲清醒后，她摘掉氧气面罩，手指着大舅模模糊糊说的唯一一句话是："今天我妹妹生日。"而此后她只见过妹妹一次。ICU的张教授说，他从事重症急救这么多年，没见过两次回光返照的病人。第一次是在7月10日傍晚，母亲因呼吸系统趋于衰竭，气管深处被分泌物堵塞，她整个人在昏迷和窒息中微弱挣扎。病房护士紧急调来无创呼吸机，张教授在指挥抢救时说，如果三十分钟不能醒过来就基本上没希望了。我的舅舅闻后瘫倒在病房外，父亲和我站在床边，他不停地呼唤母亲醒来，耐心、急迫、智慧地描述她康复后一家人幸福的场景，有人物，有故事和细节。我的意识开始逐渐接受死亡来到的事实。

可母亲在第二十分钟时苏醒了，她奋力地要求坐起，用手抓向脸上的呼吸机。在场所有人都以为她处于医学上的“无意识躁动”，是在两界徘徊时的迷离，因为她的声音和语言完全模糊。父亲制止了用镇静剂的决定，他贴近母亲的脸，用几十年夫妻间的默契去领会和询问。那时的母亲，只有“是”和“不是”的回答相对清晰。母亲要求坐起来，要求穿上鞋，她揪掉呼吸机面罩，要在无人搀扶和帮助的情况下自己上厕所。我们所有人全都被震撼了。张教授不禁叹息母亲极度罕见的生命意志和求生欲，那时父亲已心力交瘁地靠在墙上，我也蹲到了地上。很明显母亲不想离开我们，她根本不怕生命结束，她对死亡始终持藐视态度。后来，母亲有节奏地活动着手腕，以胜利者的姿态盯住屋顶，哼唱着歌驱赶死亡的来临。

在成长过程中，我从没和母亲进行过严肃的心灵对话。直到在病房的最后日子，我猛然意识到这一年来她被病痛折磨得生不如死。我拉住她的手，无能为力的愧疚感充斥全身。想到母亲以前一次次在夜里哭着说不想治疗了，不想再痛苦下去了。我很平静地说："其实在治疗上我和爸爸都有些自私，因为不舍得，因为过于难受而强迫您受苦。现在我想通了，您一辈子没为自己决定什么，就自私一次，如果难受就放弃吧，我们不想让您再受任何一点苦了。我们都知道该怎么生活了。"母亲笑了，从来没有过的放松和解脱感，那一瞬间疼痛和折磨完全脱身了。从那以后我再不恐惧死亡，后来甚至觉得或许那样可以见到母亲。

我绝望的平静是用巨大矛盾和疼痛换回的。近来每晚回家，走过那十多年前就常路经的天桥，我只能透过护栏望向远处，手扶在上面，回想记忆中经历的那些成长岁月都有母亲陪伴。我一眼便可以从拥堵的路面望向童年，那时，她接送我上下学，焦急于我每次的晚归。在被红色尾灯模糊的视线里，我一次次产生想跳下去的冲动。我站在天桥上，总想以极端方式消减即将失去亲人的痛苦。我觉得无论将来会有怎样的成就，没母亲见证，就什么也不是。尽管她只希望我平安、平淡地活下去。至于感情问题，比起这些，即使只用标点来记录都不值得。我劝母亲放弃的那一回，是她第一次由衷地笑。后来，我从协和医院太平间、长安街到八宝山，没掉一滴泪，因为我爱她所以完全能理解她，也真的听她话了：冷静、坚强、不悲伤。最后的日子母亲还笑过，一次是做梦，一次是她和我爸拉着手一直睡到另一个世界。

7月14日晚上，我和父亲同时住在病房。在这之前，我们一家人已换到妇一病房仅有的双人间。护士李莉把同屋病人劝去住治疗室，好让我和父亲有机会陪伴母亲最后的时光。病房空着一张床，医生和护士都劝父亲在上面休息，但他没有去，遵从病房规定，更主要的是不想放开母亲的手。这两天她开始焦虑和烦躁，但因身体虚弱只能用极微小的方式表达。母亲不愿意父亲离开哪怕一秒，她不愿父亲睡觉甚至去厕所，她能在浅昏迷中感受身边都有谁。如果感受不到父亲，母亲会显露愤怒和急躁的表情并用手拍床。因为这天下午母亲经历了第二次回光返照，她说了入院以来最多的话，把所有事情都交代了。护士杨雪青和刘霞下午帮妈妈洗了头发，换上了新的病服和床单。她身体的管线中多了多巴胺和用于肾上腺的药。我也因此整夜都没有离开病房，由此错过了隔天的最后一面。

我可以暂时关闭名为“给未来的孩子”的文件夹了，让三百五十张照片和十段视频沉入数据深处。我偷偷记录着母亲最后的旅程，我们握着的手在不到二十天的时间中经历了生命褪色，经历了两个世界的相互遥望。我保存影像资料，只为将来有一天给妻子和儿女们看，让他们见到婆婆和奶奶。我亏欠了妈妈，没让她看到我组建家庭，甚至连人选都不确定，枉我青春时代经历那么多感情，那些曾让我虚荣的数字如今变得不值得一提。我同样愧对未来人，世上少了善良的奶奶和绝无是非的婆婆。

7月16日的清晨6点10分，传达噩耗的手机铃声终于响了。我冷冷地抵抗着安眠药效力来到协和医院。在出租车的行进中，母亲心跳从七十到三十缓慢下降，逐渐失去任何身体反应。护士于超在5点时曾看到母亲和父亲手拉手安然地睡在那里。因为安稳平静，她没有打扰。我进病房时，父亲和她已在为母亲更换归途上的衣服。我拉着母亲冰冷的手，拍下最后的合影。早晨7点多，朱兰教授来了，她俊俏刚毅的脸上罩着沉重的忧伤，两眼似要溢出泪水。她果断安排院方处理善后事项，我知道她和所有的医生都尽力了，癌症在世界医学领域仍然是未破解的难题。后来，护士长薄海欣带着所有护士都来了，她们站在我和父亲身旁全都默默地流下眼泪。我接受来晚的事实，但也欣慰把最后时光留给了父亲和母亲。毕竟我是他们在一起之后才来到人世的，父母需要在他们共同时光的末尾生离死别，他告诉我母亲前一个晚上怎么也不睡，父亲问是不是在想王欢。母亲点头。父亲解释，说我已守了一天一夜，如果不休息第二天来的路上开车不安全。母亲听后含笑接受了我的不在身边。那天夜里她温情和留恋的眼神特别像小孩儿，直到最后还是留恋我们。她急得眨眼睛、磨牙齿，却舍不得让呼吸融化掉三人在这世界的最后一缕空气。

遥远的阿拉善

2012年过得很快，随着夏天的结束，不快乐的一年也开始要走向末尾。李小慧阿姨为了缓解我失去母亲的痛苦，为我安排了远行大漠的工作任务。在那些伤痛和经历背后，我发现《非诚勿扰》的余温却仍在继续，它像一条血脉生命体连接着过往岁月。

秋行内蒙古西部，我拥有作家和工作人员的双重身份，跟随中华文学基金会同事千里送书的同时，又随作家采风团穿越了中国秘境——阿拉善。同行的作家有叶辛、陈世旭、肖克凡、武歆、衣向东、燕燕、杜丽。除两位天津作家，其余都是初次同行。我习武多年，浅涉武林十载，心中总有辈分界限。面对文学前辈，我常失于场面话，或怯于对敬意的表达和修饰，其实心里并非这样。我能做到的是，两千多公里颠簸的路途，坚守在汽车最后一排，哪怕睡梦中在座椅上不停地起落于十厘米之间。我们很快就有了共同话题，那就是我参加的电视相亲节目。

作家们在一起很少聊创作，可所有对话都无法远离文学细节。每个人都是大功率信息发射接收器，穿越沙漠和戈壁的路途，我们在封闭车厢内进行着多频段的信息处理工作。几位作家都对我参加《非诚勿扰》的经历感到惊奇，他们虽然过了年龄也不符合条件，但节目还是吸引了广泛的观众。对于作家而言，他们从中能觅得不一样的人生和感觉。肖克凡就是在完全不知情的条件下，在电视上认出了我，他还和武歆第一时间沟通了我的台上表现。我很高兴能以这样的方式让原本不在一个城市的朋友重逢，不少人会在各自的生活中重新想起

“王欢”这个名字。以前我在《青春内幕》的后记中写道：“写作是想让更多人喜欢。”《非诚勿扰》的人生经历也达到了同样效果。

由于工作上的原因，叶、陈两位作家在刚到达阿拉善左旗后就要离开，当晚饭桌上，他们分别留下了传说和歌声：叶辛讲述了玛拉沁夫在《敖包相会》中的情事，陈世旭用酒精的节奏唱亮了突然断电的蒙古包。

作家和石头都归属于自然，他们传递命运信息，折射生命光彩。从十八道桥我们开始阿拉善的奇石之旅。遥远年代留下来的碑石岁月化的河床，在阳光与蓝天下折射出斑斓诱惑，石的色彩袒露，无限勾魂，用光影的内质诉说着这片土地的古老神奇。被征服的我们，行李每天都在被记忆和石头增重。在北京时，我曾收集过各色“眼睛石”，这是阿拉善特产。七月慈母病逝，河北诗人刘小放与我父亲情同手足，当天即乘火车来到北京。我知道他爱石如诗，素与各类奇石缘分甚深，便倾囊相赠。谁知八月我又意外来到“眼睛石”故乡。这些石头，神秘地隐蔽在戈壁的皮肤之下，因玛瑙石质上的年轮状花纹像眼睛而得名。如果没有人为采集，它们便可以永远静默于戈壁，悄然延续着一颗普通石头的生命年华。它们不眨眼地在白天沐浴阳光，夜晚和星辰相视，在人们到来之前，或能将沉默的对话延续数千年。玛瑙滩头，灵感和激情让我们四散，其他作家们迎风忘食地捡玛瑙时，衣向东就已知道寻觅阿拉善名石“沙漠漆”了。这是近些年被炒作起来的一种体表呈釉色的沙漠石。此后的日子，衣先生拒绝以消费的形式和奇石结缘，他相信运气、眼光和手感。燕燕豪迈地手捧饭盒，目光随丝巾飘向四下的石头，她一心多用，边捡边吃，同时不忘用眼神勾勒衣先生地主老财的气质。

烤全羊是阿拉善特有的美味，清康熙年间，第一代扎萨克王和罗理率部从新疆移居阿拉善时带入。第三代旗王罗布藏多尔济被赐封驸马，他在原工艺基础上吸收北京烤鸭的烹饪特点，形成了现今阿拉善烤全羊风味。一道菜经历了三百年的演进，其时长甚至超越了很多国家的历史。借酒助兴，我们尽情享受与羊肉有关的地区性非物质文化遗产。在内蒙古期间的每次晚宴，无论是上全羊还是上羊背之前，都有仪式。阿拉善包金局长，十九岁便植根草原，献身自治区文广工作，眨眼数十年。她每次都起身敬酒，目光流动感怀，碗酒碰撞出牧区风土人情，挥洒着岁月留痕间的歌声豪迈。于是，我竭力入乡随俗，间歇性丢失节奏地饮酒。多少年来，阻止我喝醉的其实是心理防线，这道屏障外界很少能突破，而且随着社会形态变迁它变得更坚固了。

如此描述，已是官方场合感叹的极限了。酒还是要喝，肉也不可丢弃。不醉不归是这里的习俗，但我为保住胃里的烤肉，悄然从饭桌隐退了。如此选择特无奈，我初到草原第一顿饭就因为喝得过了，在酒店翻腾了半天。我犹豫着要不要去吐酒，走到卫生间，另一个自己拦住了去路，他说吐了就全没了，回北京再无此时此刻和此情此景。我实在心疼和不舍，满眼古希腊哲学家的语言和幻觉，亚里士多德似乎说过一个人不能两次吃同一只阿拉善烤全羊，于是我稍微向消化系统妥协，吐了小部分……后来实在难受，强行吞了一片安眠药，才用睡眠换得体内和平。

蒙古包外的胡杨树旁，我在椅子上看星星。千年古树托起的夜色，低垂下来，浸透身心。后来衣向东从“歌舞升平”中走出，来到我身边，想来也是被额济纳旗的热情击垮。我的星月夜，便从空中挪至地面。他显然醉了，虽然脚下踩的是直线，但目光飘离。被虚无、豪迈的脚步感染，我情不自禁地喊他衣老师。他一把抓住我靠在椅背上，表示椅子不错。我解风情地站起，把坐观天象的角度让给前辈。衣老师却低下头，语重心也长地叫我名字：“王欢，小伙子不错！”我高兴。随后他又叫我：“王欢，你看到咱们眼前那个蒙面的黑纱女人有多漂亮了吗？是不是比你在舞台上见的二十四位女嘉宾都好看？”我的激动顿时冰释。衣老师坚信眼前走过黑纱女子，我则顺势闻香识女人，算是对文学的恭敬……

从蒙古包到能避开人视线的墙角，我们仿佛前行了几公里。衣老师在这一路上留下的三句话，浓缩了一段人生：“人喝酒就得尿尿。”“文学这条路得一直走到黑，不要迷信权威，我三十五岁获鲁迅文学奖。”“听说过我的风流事吗……”我决定把后面的话记住并深度联想，也坚信他面前总会有神秘女人走过。我把能对外说的写下，更加豪迈和放纵的，铭记于心，我看好那些话语的升值空间。我是个实在人，情愿把醉话当真理。虽然他不会帮我捡到“沙漠漆”，可我仍要隐藏他文学世界之外的那些蒙面人，那些从阿拉善奇石中走出的飘香倩影。后来，燕燕为我解释了关于衣老师的符号学风流。

在通向额济纳旗的路上，我才知我与燕燕竟是大学同校。中央戏剧学院有传统，无论“出厂年份”都习惯以师兄妹相称。稍稍久远的一次特殊聚会上，张光北当着陈炜的面在饭桌上拍着我的肩膀大呼我为“师弟”，激动之余猛见我父亲坐在旁边，他才不得已在我的肩上加重一掌改口叫“儿子”。如今燕燕让我喊她师姐，没有其他人在场，我也就真把她当超级师姐来敬重了。一路上我总徘徊在她身边，每遇景色都为她拍照留念。这或许是中戏印记，我尊崇东棉花胡同校园生活的一切传统，无论身在何方。和燕燕师姐豪迈性情形成鲜明反差的是人民文学出版社杜丽，她节奏慢，甚至迟过白云在蓝天间的幻化。杜丽喜欢戴遮阳帽行走于戈壁或街边，从怪石林间寻找静谧响动，在石滩俯身拾捡和自身性情相吻合的玛瑙。武歆是我在宁夏“走转改”时相识的，他不喜欢多说话，沉默稳健，言少却含情，对生活充满平和善念。在巴丹吉林沙漠冲浪时，我们共同起伏，视线在瞬间变换的蓝天和黄沙中急转。他时而惊叫，偶然碰头。《山楂树之恋》的编剧肖克凡曾给我留下不少回忆，和肖克凡相识是在新疆，创联部夏申江在乌鲁木齐的中八楼为我们介绍了他。当时他来我们房间抽烟并怅然回顾多年来与癌症的抗争，以及作为父亲的光荣和职责。他很少提及是非，但身怀正义感和浓烈的良知。肖克凡魁伟诙谐，抽烟时神情中有岁月沧桑，眉宇间有棱角对抗着世俗与不公。他的玩笑通常带批判性，对历史、城市有极具性格色彩的冷调勾绘。我忘不掉他在路经航天城时对那些发射架侧目寄予的豪情，任何血性在升空和落地之前都是惆怅和遗憾。他那种对整个家国民生的强烈期待，从车窗上并不轻松地掠过。面对这些，我不得已继续把玩手中的人脸石头，如果仅仅只能成为时代的过客，不如深埋戈壁完成风化。

阿拉善右旗的街头，我独自逛街，但由于街市单一，很快就又与两位天津作家“有条件”邂逅。他们推荐我去一家蒙古族大汉开的奇石店，店主买卖厚道且会摔跤。我直接找去，被店里的经营项目触动：奇石、擦鞋、配钥匙。店主坐在沙发上，像未被风化的内蒙古男人化石。屋内没有任何阳光去切割他的表情，性格自然消散在经营范围之内。我下午买石，主要是为晚上回访做情感投资。但有趣的事情发生了，店主夫人突然用异样的目光打量起我来，弄得我很不自然。她反复的目光中，透露出了越来越熟悉，乃至似曾相识的信息，我的目光也亲和起来。老板娘问我是不是之前来过这里，她坚信在哪里看到过我。我猜测肯定是《非诚勿扰》。但是里面讲了我和意拳，如果再交流下去可能不太好了。于是，我把眼神落在门外，落在那些奇石上，直到最后转回屋里的球屏小电视上。

武歆他们走到前面又折返店中，肖克凡要和蒙古壮汉合影，是店主身上的信息吸引了他提这个要求。我很乐意地多拍了几张，这样既可以避免和老板娘继续“似曾相识”的话题，也可以通过回看照片分析摔跤手的信息，还可以调动自己随情感而波动的潜能。古典色彩浓重的蒙古式摔跤闻名于世，沿袭数百年，成于传统也失于传统。不多辩解，这是本土哲学和文化的循环宿命。在旗长宴请晚饭后，我来到下午散步的街上，夕阳尚未落下的阿拉善右旗，在多彩灯色里几欲早睡。我带着需要的三分醉意走回白天的买石路，每走一步都感觉要到那家奇石店了，心里盘算着如何将话题引到“摸劲儿”上。结果一直走到路尽头都没发现那家店，我怀疑记错了路，又更谨慎地往回走了一遍才找到。店主已经离开，说不定他也去准备明天的摔跤比赛了。铁锁隔绝了半个“世界”，我记下了玻璃门上“奇石、擦鞋、配钥匙”的电话，哪怕再也不会来到这里，我还是把遗憾以数据形式珍藏。因为这已是阿拉善之行的最后一夜了。

想起彭学明在西吉时告诉我的“青年作家乘车责任”，我依然颠簸着坐在最后一排，目送一直陪伴我们的文广局赵丹丹下车，才确信作家们的阿拉善之行要结束。汽车驶离内蒙古前，我的感官系统开启了回放程序：每年额济纳旗胡杨节，千年不朽的神树会变成印象派色彩大师，用梦境般的浅黄开启生命来去之路；巴丹吉林会被风塑出脸庞，以便让沙漠泪滴有天空的颜色，也有云团漂浮的失望。海森楚鲁，不再是怪石林，因为我们的视角已然扭曲。逐渐回到人本身，难免为现实所影响。作家身居都市，会感叹戈壁的苍茫。触景生情，或多或少略带着一些思考与祝福。阿拉善人少民富，内蒙古地下资源或许会给未来带来憧憬和希望。鄂尔多斯的财富虽已声名远扬，却也可能只是浮上水面的一角。未来时代，必然有着资源的未知项，人口少、财富性价比会超越沿海城市，这让阿拉善的人可以悠然自得。阿拉善盟的牧民们活得慢而怡然，万余亩天然牧场，几百骆驼，几百羊。呼吸沙漠戈壁，吐露蓝天白云，远离病体城市的低分化、高代谢。城市人生活越来越理想，不用再为更多穷苦人的幸福而考虑，自私成为信念，成为最高价值。最终，如愿却难以享受。大都市已被毒化，从空气达到人心。我大言不惭，是文字职业外衣下闲散的悲悯。潜意识里，我希望人们淡忘这片尚未被完全发掘的土地。

不要再贪恋自然的美景，若干年后，这片净土会像环中国海一样被污染。所以当我们“遭遇”自然赐予时，多留遗迹照，少做宣传。昔日的旅游胜地发现者，最终改变了丽江格调、九寨气氛，为通向高原和蓝天之路过度贴铸心灵诠释。当美的东西被人占尽，侵犯的脚步便会扭转，让怀念提前顾盼流连于命运快要眷顾的戈壁。如果有一天，珍藏在博物馆的曼德拉山岩画厌倦孤独，重新浮现山间；曾被盗走的断石生出枝叶，再度指引人类对自然的侵犯；纯沙化的黑城，被绿水环城，城破而逃的黑将军能解甲归田。那将是有血有肉的海市蜃楼。阿拉善的神奇，是因为它给了我们幻觉。如果奇迹真的发生，不过是另一时代的作家也曾匆匆来过。

后 记

找不到一种窗帘，可以阻挡死亡光线渗入病房，倒转的时针刺向我母亲的不舍灵魂。

无数天过去我躺在床上，被外面世界光线侵扰，庆幸已用最快速度写完这本书。我从不回看自己作品，这本更将如是。在畅销书外壳下，我以《非诚勿扰》为线索直面人生和内心，讲述一年来与亲情、病痛、爱情有关的生离死别。我和父亲无时不感念协和医院的专家朱兰、王子时、董振华、以及帮助过我们的所有医护朋友；母亲患病期间，我看到高洪波、刘小放、武元子与父亲远胜兄弟的情谊；李小慧、艾克拜尔·米吉提、王巧华、于子君等众多亲友也以真诚的亲情的方式温暖我们。还有我90岁的奶奶和善良的小姑。同时还要感谢白沙出版中心的白沙老师和林鸿雁老师，正是他们的鼎力支持使得本书可以如期出版。不可否认，2012年后我对待世界更心软也更强硬。大家于年寿中忙碌着，从生活各处奔向生命终点的事实无法改变，或重或轻的脚步在背景声中律动。我要做到的是，尽可能让旋律美好，让演绎方式更具人情味儿。我依旧不屑世俗流行价值，珍视亲情可贵，那是超越一切并让人无所畏惧的永恒信仰。